사서 선생님,
내일은 뭐 할 거예요?

사서 선생님,
내일은 뭐 할 거예요?

20년 경력
도서관 사서가 들려주는
'도서관 프로그램의 힘'

이연수 지음

도서출판 니어북스

추천사 1

힘든 만큼 더 가치 있는 '등대' 같은 책

수원시 팔달노인복지관장 윤학수

2009년 6월 중순의 어느 날, 당시 우리나라 최대 규모의 복지관인 수원 영통종합사회복지관으로 첫 출근을 했다. 복지관을 한 곳 한 곳 눈도장 찍으며 라운딩을 하는데 반달동 1층에 반달어린이도서관이 자리 잡고 있었다. 시립 도서관만 봐왔는데 복지관에 도서관이 있다니! 소장 도서는 몇 권인지, 이용 시스템은 어떤지, 복지와의 연계 프로그램은 있는지 등등 급한 마음이 들며 궁금증이 일었다. 짧은 순간에 '도서관이 있는 복지관이라면 이는 복지관 이용자를 위해서도 최상의 선택'이라는 생각에 내심 좋으면서도 어린이뿐만 아니라 학부모도 함께 이용하도록 하려면 뭘 더하면 될까, 어떻게 복지의 외연을 확장하고 도서관에 시너지를 낼까 행복한 고민이 시작되었다. 뭘 하든 이 복지관에서는 다른 복지관보다 더 많은 것을 할 수 있겠다는 기대와 이제는 도서관을 찾아 멀리 갈 필요가 없겠다는 생각이 교차되며 반가움이 자리 잡았다. 그때 반갑게 웃으며 눈이 마주친 사람이 경기도 사서 공채 1기이자 이 도서관의 책임 사서인 이연수 선생님이었다. 이렇게 이 책의 저자와의 인연이 시작되었다.

자세히 들여다보니 더 활발한 도서관이었으면 하는 내 생각은 기우였다. 이미 도서관이 좁을 정도로 활발했다. 숙제를 하러 온 아이들의 재잘대는 목소리와 학부모들이 있었고, 유아들에게는 책을 읽어주고 온몸으로 동화를 구연해 주시는 할머니, 할아버지 선생님이 계셨다. 많은 도서관 프로그램이 매월 시기의 특성을 살려 진행되고 있었고, 오히려 단독 시립 도서관보다 양적으로나 질적으로 프로그램의 내용은 더 우수했다. 다만 늘 부족한 도서관 운영예산은 큰 고민이었을 것이다.

펀딩에 선정되어 연중 진행한 '길 위의 인문학'이라는 프로그램이 생각난다. 다산 정약용의 발자취를 따라 수원 화성에서 시작해 남양주 다산 생가로, 전남 강진으로 함께 다녀왔던 추억은 어떤 가치관으로 인생을 살아야 하는지, 다산이 왜 역사의 위인인지 알게 했다. 다산의 책만 여러 권을 찾아 읽게 되었고, 마음의 울림이 크게 다가왔다.

돌이켜보면 이연수 사서선생님은 새로운 시도와 도전에 거침이 없었다. 현재의 도서관 운영을 유지하는 것으로도 바빠서 새로운 시도와 변화는 고스란히 본인의 추가 업무가 되고 동전의 양면처럼 도서관을 이용하는 아이들과 시민들의 숫자가 늘수록 1인 사서로서의 책임감과 부담이 어깨를 짓눌렀을 텐데도 말이다. 복지사업이 우선인 기관의 특성상 요구사항을 마음 편하게 허용해 주지 못하는 미안함이 늘 상존했다.

나에게는 사회복지 현장에 근무하면서 직원들의 수많은 서류를 검토하고 결재하는 일상이 오늘도 이어진다. 때론 일어나지도 않을 일을 생각하며 쓸데없는 고민을 하고, 내 판단의 오류로 손실이 발생하지는 않을지 수많은 걱정과 번민, 생각에 또 생각을 하다가 결정을 미루기도 한다. 긍정적으로 보면 신중과 꼼꼼함이고, 부정적으로 보면 때늦은 결정일 수 있다. 이럴 때 검증된 과거의 기록이 있다면 어떨까? 잘못된 결정의 대가가 어떠했는지를 알 수 있는 자료가 있다면 또 어떨까? 국민의 삶에 지대한 영향을 미칠 각기 다른 상황에 대해 우리의 역사 속 선현들은 과연 어떤 결정을 했을까? 어떤 판단은 국민을 죽음에 이르게 하였고, 나라를 궁핍과 외세의 침략에 따른 속국으로 내몰았으며, 또 어떤 판단은 현재 세계가 우러러보는 우리의 자랑스러운 국격(國格)으로 이어지기도 했다. 후세의 국민인 우리가 후회하지 않을 현명한 삶을 살아가기 위해 무엇이 필요할까를 생각해 보면 왜 책을 가까이해야 하고 왜 도서관에 익숙해져야 할지 비로소 답을 찾게 된다.

완성형 인간보다는 그 끝을 알 수 없는 성장형 인간이 무섭고, 책과 도서관을 가까이하면 겸손과 사리 분별에 밝아진다고 한다. 또한, 책은 과거와 현재를 이어주는 징검다리이자 미래를 지향하는 지식의 보고이며 사람의 인문학적 소양과 가치, 정서적·심리적 위안과 자아 효능감을 올려준다. 한마디로 어떻게 행동하고 살아야 할지를 알려주는 것이다. 그래서 대형서점도 과소비를 부르는 건 아닐까? 당장 읽지도 않을 것 같은 책까지 여유 있게 구입하는 용기(?)와 다 읽지 못하고 반납할 걸 알면서도 1인당 대출 가능 권수를 꽉꽉 채워 빌려오는 자신감 — 이 모두가 책이 주는 무게감과 계량할 수 없는 뿌듯함에서 기인하는 것이 아닌가 싶다.

사람과 사람의 사이를 어떻게 하면 더 잘 이어줄까? 어떻게 하면 사람의 내면을 좀 더 진솔하게 들여다보며 경청하고 공감할 수 있을까? 사회복지사로, 기관장으로 일하면서 늘 떠나지 않는 내 고민에 대한 해답은 멀리 있지 않았다. 심경이 복잡할 때는 복지관 안에 함께 있는 어린이집과 도서관을 주로 찾았는데 어린이집을 다녀오면 표정이 밝아지고, 도서관에 다녀오면 마음이 가벼워졌다. 그중 1순위는 단연 도서관이다. 여기서 마음의 여유를 찾고 한 박자 쉼표도 찍어본다. 그러고 보면 복지 프로그램과 책은 사람의 마음을 돌보고, 사람을 깊이 이해·배려하고, 사람의 마음을 치유하여 과거의 실수를 되풀이하지 않도록 도와준다. 가보지 않은 길이지만 두려워하지 않고 갈 수 있도록 도와주고, 각자가 여유 있는 미래를 설계할 수 있도록 도와준다. 무엇보다 혼자가 아니라 든든한 지원군임을 자처해 주니 고맙기 그지없다. 그래서 사회복지와 도서관, 사회복지사와 사서는 참 많이 닮아있음을 느낀다.

사서로서 복지관의 20년 역사를 지금도 함께 하고 있는 이연수 사서 선생님이 『사서 선생님, 내일은 뭐 할 거예요?』라는 책을 출판한다는 얘기를 듣고 누구보다 기뻤다. 사람을 만나지 못하고 반달어린이도서관도 운영이 중지되어 자존감이 한없이 추락했을 암울했던 코로나 시기에 그간의 발자취를 정리하고 많은 기록을 모으는 일은 정말 힘들었을 것이다. 그래서 이 책은 더 가치가 있다. 무엇보다도 사서이자 작가의 진솔함이 엿보여서 좋고, 지나온 길에 대한 기쁨과 고민, 연민을 모두 담고 있는 것도 좋다. 사서로서 먼저 지나온 길을 알려주고 있기 때문에 같은 길을 가려는 후배들에게 등대이자 지침서가 될 것이다. 아울러 시민들에게는 우리가 누리는 가치 있는 일상과 생각의 편린까지도 어떻게 조합해야 하는지를 알려준다. 많이 알려지지 않은 사서와 도서관 세계에 대해서도 고마움과 감동이 함께하게 될 것이다. 추천사를 쓰는 이 시간에 나도 도서관에 있다. 책이 많이 읽혔으면 좋겠다. 전국의 모든 사서 선생님들을 응원한다.

우리의 내일과 미래를 소장하고 있는 도서관, 오늘도 그곳에는 사서가 있다.

추천사 2

쉼 없이 20년을 달려온 사서의 도서관 프로그램 노하우와 경험

성남시 구미도서관 자료정보팀장 유향숙

지식의 보고를 흔히 바다라고 한다. 공기가 있는 육지와 공기가 없는 바다. 그래서 바다는 미지의 세계이고 우리네와 다른 세상이다. 우리네 세상에서 지식의 보고는 도서관이다. 다른 세상에서 지혜와 지식을 찾는 일은 너무 힘들고 위험 요소가 많다. 도서관은 세상 지식을 망라해 놓은 곳이다. 지식과 지혜를 얻는 일은 마치 산을 오르는 일과 같이 힘겹다. 그러나 오르고 얻는 희열은 올라 본 사람만이 안다. 나는 멀리 깊은 산으로 가고 싶다. 이연수 사서가 쓴 이 책은 멀리 깊은 산을 갈 수 있도록 도와주는 가이드북이다. 사서라는 직업이 가이드이기도 하니 맞춤형으로 쓴 것임을 독자도 알 것이다.

우리 사서들은 이용자가 도서관을 많이 찾기를 바란다. 이용자가 책을 어떻게 하면 더 읽을 수 있게 할까를 늘 생각하며 힘쓴다. 양질의 책을 구비하는 것은 기본이요, 문화 프로그램이나 다양한 행사도 기획하고 추진한다. 사서에게 각종 교육 프로그램이나 행사는 도서 구입과 함께 양날의 검이다. 이용자의 욕구(needs)를 파악하고 기획하며 추진력을 겸비해야 하니, 다재다능은 기본일 것이다. 이연수 사서는 자신이 갖고 있는 정보를 공유하려고 책을 냈으니 참 이타적인 사람이다.

우리나라에서는 1990년대 초기에 각 시·군에 도서관을 짓기 시작했다. 도서관 완공 시점인 1992년에 경기도는 공채로 사서를 뽑았다. 이연수 사서는 경기도 사서 공채 1기였다. 당시 각 시·군에서는 1명, 사정이 좋은 시·군은 2명 정도의 사서를 배치하여 도서관을 개관했다. 도서관 개관 업무라는 것이 도서관 전반에 대한 지식을 갖고 방향성과 기틀을 잡는 것이라서 해야 할 수많은 의사결정과정이 사회 새내기로서는 감당하기 힘들었을 것이다. 기성세대와 합을 맞추며 추진하는 일이 녹녹하지 않았을 것이다. 어찌 아냐고? 나도 그녀와 다르지 않은 경험을 했기 때문이다.

선배들도 없이 도서관을 개관하느라 멘탈이 너덜너덜한데, 운영은 또 다른 과정이었다. 비효율적 제도를 뜯어고치며 운영하려니 저항세력의 반대도 만만치 않았을 것이다. 깨지고 다치다 사표를 던졌어도 돌고 돌아 다시 도서관쟁이로 산 것을 보면(도서관으로 돌아온 것을 보면) 그는 사서에서 벗어날 수 없는 운명인 모양이다.

1만 시간의 법칙에서는 어떤 일이든 1만 시간을 채우면 마스터, 마에스트로, 장인이 된다고 한다. 쉼 없이 20년을 달려온 그녀의 도서관 프로그램 노하우와 경험이 꼭 성공사례만은 아닐 것이다. 독자들이 행간에서 읽히는 좌절과 실패, 그리고 노고도 함께 읽어주길 바란다.

추천사 3

20년간 묵히고 익힌 맛있는 도서관 뷔페

지역독서모임 대표 김병란

반가움이 앞서고 축하가 뒤따랐다. 아이들이 크고 팬데믹을 거치면서 어린이도서관 — 반달어린이도서관은 어린이 전문 도서관이다 — 에 갈 일이 없었는데 열정의 사서 선생님이 20년간 근무하면서 진행했던 다채로운 도서관 프로그램을 정리해 책으로 엮어냈다니 '역시나' 하는 감탄사와 함께 축하의 박수가 나올 수밖에!

반달어린이도서관 프로그램에 많이 참가했지만 가장 오랫동안 깊은 애정을 가지고 참여한 것은 장서개발 동아리였다. '좋은 책을 선정하여 매달 아이들에게 추천하자.'

지금 생각하면 너무나 거창하고 방대한 계획이었다. 그렇잖은가? 무모하면 용감한 것을! 무모했던 다섯 명의 회원은 좋은 책이란 무엇인가부터 토론하며 도서관에 오는 수십 개 출판사의 목록을 점검하고, 어린이 잡지를 참고하며 도서 선정에 심혈을 기울였다. 읽고 더하고 빼고 하여 최종 선정된 책은 도서관 출입문 입구에 전시해서 이용자들의 눈에 제일 먼저 띄게 했다. 정말 용감무쌍하고 열성적인 엄마이자 봉사자들이었다.

"나를 키운 것은 동네 도서관이었다."는 빌 게이츠의 말을 좋아한다. 너무 많이 인용되어 상투적이고 식상(?)해 보이기도 하지만 장서개발 동아리에서 시작된 인연이 중년이 된 지금 다시 오롯이 독서 모임으로 이어지고 있는 것을 보면 "나를 키우는 것도, 살아가게 하는 것도 동네 도서관이다."라고 해야겠다.

아이들을 데리고 일주일에 두세 번씩 도서관에 가던 때가 생각난다. 책을 읽든 안 읽든(언젠가는 읽게 되었지만) 도서관 분위기가 몸에 배고, 지루해질 때쯤이면 신나고 호기심 당기는 프로그램에 참여하던 때 말이다. 그때는 너무나 자연스럽고 당연하게 도서관과 프로그램을 내

집처럼, 놀이터처럼 호흡했는데 그 편한 시간들 뒤에 이용자들을 위해 연구하고 노력하고 애쓰는 사서가 있는 줄 몰랐다. ('당연한 의무 아냐?'라는 생각을 했다.)

열악한 도서관 환경을 위해 시의원을 만나 문제를 제기하고, 예산을 얻고, 그래도 안 되면 펀딩을 하고, 다양한 체험을 제공하기 위해 타 도서관에서 해보지 않은 프로그램을 기획하고... 단순히 프로그램이 있구나 싶었는데 이제 와서 돌이켜 보니 우리가 얼마나 풍부한 혜택을 입었는지 새삼 고맙다.

굳이 도서관에 가지 않아도 다변화된 통로를 통해 지식과 정보를 얻을 수 있는 일상을 살고 있다. 그러나 동네 도서관처럼 독서 습관 형성과 깊이 있는 문화 체험 프로그램을 제공해주는 장소는 생각보다 많지 않다. 여기, 뜨거운 가슴을 지닌 사서가 20년간 묵히고 익힌 맛있는 도서관 프로그램 뷔페가 있다. 올바른 가치관 형성과 판단에 살이 되고 피가 될 맛있는 음식이다. 나를 키우기 위해, 아이를 위해 맛있게 읽고 내일도 동네 도서관에 가는 즐거움을 누려보길 바란다.

모두가 함께 성장하는
도서관 프로그램

이집트 알렉산드리아 지역에 세계 최초의 도서관이 세워진 이후 정보의 양이 폭발적으로 증가한 현재까지도 도서관은 자료를 모으고, 정리하고, 제공한다. 즉, 도서관은 수서, 정리, 열람의 기능을 가지고 있다. 하지만 이것이 전부가 아니다. 네 번째 기능인 '프로그램'도 있다. 도서관 프로그램은 '독서문화 프로그램'을 말한다. 책을 매개로 읽고, 쓰는 다양한 활동을 하여 인간의 정신적·정서적 소양을 높이고 풍요로운 삶을 살도록 돕는 모든 독서 행위다. 평생학습의 중요성이 대두되면서 도서관 프로그램의 기능이 강조된 지 오래다. 도서관이 프로그램에 집중하는 데 반대하는 의견도 있다. 도서관 본연의 기능인 정보서비스에 집중하지 않고, 부수적인 것에 중점을 두어 도서관의 기본 기능에 부정적인 영향을 준다는 것이다. 물론 정보의 제공이 중요하다. 그러나 책만 관리하면 일반인들은 도서관의 역할을 제한적으로 생각할 우려가 있다.

도서관은 단순히 책을 빌리고 학습하는 장소가 아니라 책과 사람, 지역사회와 사람을 연결해 개인과 지역사회의 변화와 성장이 이루어지도록 돕는 곳이다. 지식의 발전과 활용, 계승을 위해 인간이 끊임없이 노력한 결과의 산물인 도서관에서 책을 매개로 진행하는 프로그램은 도서관의 다양한 쓸모를 알리고 개인의 삶과 성장에 촉진제 역할을 할 것이다.

* * * * *

어린이도서관에서 20년간 일하면서 작가와의 만남, 동화극, 체험활동, 플랫폼 펀딩 등 많은 프로그램을 운영했다. 사업을 기획할 때 책을 매개체로 하여 도서관의 기능에 충실하게 다가가도록 구상했다. 되도록 처음 시도하는 것을 즐겼고, 부득이하게 비슷한 것을 해야 한다면 하나라도 새로운 요소를 가미해 변화를 주었다.

혼자 오랫동안 일하다 보니 한 프로그램을 짧게는 1년, 길게는 10여년까지 유지하면서 프로그램의 흥망성쇠를 지켜볼 수 있었다. 어릴 적 수저만 놓으면 친구들과 들로, 산으로 뛰어다니며 활동적으로 움직였던 성향을 가지고 있어 사업을 기획하고 실행하는 데 역동성을 녹여내며 참여자들의 호응을 얻을 수 있었다. 프로그램을 운영하면서 나도 성장했고, 함께한 사람들의 성장도 볼 수 있었다.

이 책은 내가 20년 동안 사서로 일하면서 가장 즐겁게 일했던 도서관 프로그램에 관한 경험을 기술한 것이다. 도서관 프로그램은 자칫 식상한 제목과 주제로 여겨질 수 있다. '도서관 프로그램' 키워드로 구글링을 하면 스크롤을 내리다 지칠 만큼 많은 검색 값이 올라온다. 하지만 '도서관 프로그램'을 중점적으로 다룬 구조화되고 완성된 매체는 아직 없어 이 책이 도서관 프로그램 운영이 궁금한 이들에게 다소나마 도움이 될 수 있을 것으로 기대한다.

제1장 '도서관 프로그램은 책이다'에서는 책 읽기, 글쓰기와 관련된 내용을 다뤘고, 제2장 '도서관 프로그램은 사람이다'는 공연처럼 여럿이서 책을 갖고 활동한 내용으로 구성했다. 제3장 '도서관 프로그램은 목표설정이

다'에서는 도서구입 후원금 모금과 같이 목표를 세워 추진한 사업 속 숨겨진 이야기들을 녹여냈다. 마지막으로 제4장 '도서관 프로그램은 성장이다'에서는 자원봉사활동가 다섯 명의 성장 스토리를 수록했다. 순서대로 읽어도 좋고, 관심이 가는 글을 먼저 읽어도 좋을 것이다. 부록에는 반달어린이도서관에서 11년간 진행한 '어머니독서회'의 독서토론 도서들을 정리·소개했다. 지역사회의 30~40대 젊은 엄마들이 읽은 책이지만, 독자들의 개인적 독서는 물론 독서회 운영에 참고자료로 활용하면 좋을 것 같아 수록했다.

프로그램을 마치고 늦은 시간 도서관을 나설 때면, 얼굴에 부딪히는 한 가닥 바람이 말로 다 못할 위로와 감동을 주었고, 일렁이는 바람결이 어둠 속에서도 보이는 듯 그렇게 아름다울 수가 없었다. 독자 여러분들도 이 책을 덮을 때쯤에는 책 속 이야기가 아름다운 바람결 되어 곁에 오래 머물기를 소망한다.

2024년 7월

이 연 수

차례

제3장

도서관 프로그램은 목표설정이다

제4장

도서관 프로그램은 성장이다

제1장

도서관 프로그램은 책이다

도서관에는 수시로 우편물이 도착한다. 관공서나 기업, 단체에서 발행하는 책자나 개인이 출판한 단행본이 꽤 많고, 그 외에 인형극이나 버블쇼, 음악 관련 공연 등을 알리는 홍보물도 있다. 도착한 우편물이 1주일만 쌓여도 우편물 봉투를 뜯고 선별하는 작업을 업무의 하나로 넣어야 할 정도다.

얼마 전 아이들을 대상으로 안전 교육을 해준다는 팸플릿을 보았다. 태풍이 올 때, 불이 났을 때, 심장이 정지된 사람을 발견했을 때 어떻게 행동해야 하는지 체험을 통해 알게 하는 것이었다. 소화기 사용법이나 심폐소생술, 미로 탈출 방법, 강력한 바람에 대처하는 방법을 배우고 익힐 수 있는 아이템이었다. 팸플릿을 보는 순간 책과 연결한다면 아이들이 훨씬 잘 이해하고, 재미있게 배울 수 있을 것 같았다. 호기심이 발동해 도서관에 있는 관련 도서를 검색해 보았다. 『빌리비트와 태풍』(808.9 온196ㅇ v.26), 『앗, 불이다! 어떡하지?』(U539.99 펜78ㅇ), 『도와줘요, 아리송송 박사님! 심장이 터질 것 같아요』(511.1 스875ㅅ v.02), 『출동119! 우리가 간다』(321.5 일15ㅅ v.03)가 적절해 보였다. 아이들의 눈높이에 맞추어 출판사에서 만들어낸 책은 간결하고 아름다운 말로 아이들의 흥미를 한껏 유발한다. 이런 책을 활용하면 아이템도, 프로그램도 몇 배의 효과를 낼 수 있다.

미국의 툴사 도서관은 집이 없는 사람들이 도서관을 쉬는 장소로 이용하는 것을 보고, 한 걸음 더 나아가 샤워와 간단한 식사를 하며 의학적인 조언도 들을 수 있도록 했다.[1] 영국의 어느 도서관은 과일 따는 장비를 빌려주고, 노르웨이의 한 도서관은 악기를 대여해 준다고 한다. 덴마크 오르후스 시의 도크원 도서관은 사람들이 만나는 공간을 만들고 시민을 위한 최고의 복지시설이 되기 위해 케이크와 핫초코를 준비해서 생일파티를 열기도 한다.[2] 이처럼 도서관은 더 많은 시민이 도서관을 방문할 수 있도록 책과 직접적인 관련이 없는 프로그램을 진행하기도 한다. 지역사회의 관심과 욕구에 부응하기 위한 것이다. 하지만 대부분의 도서관은 최대한 책과 관련된

---

1 『도서관을 통한 지역사회 프로그램』, 카렌 M. 벤추렐라, 한울, 2012.2

2 『도서관 이야기』, 국립청소년어린이도서관, 2022.10

것을 찾아내려고 노력한다. 도서관이 기본적으로 가진 자원인 책을 활용하려는 것이다.[3]

나는 새로운 도서가 도착하면 습관적으로 한 권 한 권을 빠르게 펼쳐본다. 이때 프로그램 운영에 관한 아이디어를 누구보다 빨리 얻을 수 있다. 추천 도서를 선정하기 위해 신중하게 책을 선별하는 과정에서 '오, 이 책을 프로그램으로 만들면 좋겠다!'라는 생각이 들면 일석이조의 기쁨을 누린다. 이용자들이 보고 자유롭게 놓은 책을 정리하다가 책 속 이야기처럼 창의적인 프로그램을 생각해 낼 때도 있다. '숲속 도서관'에 대한 아이디어도 유아실에서 책을 정리하다가 『책의 숲』을 발견한 것이 계기가 되었다.

책장에 빼곡히 들어간 책과 이 책을 다양한 상황에서 접할 수 있는 환경은 어떤 곳보다 빠르고 풍요롭게 도서관 프로그램을 제공할 수 있게 한다. 1장에서는 이처럼 책과 관련된 프로그램 경험을 담았다. 책 읽기에 초점을 맞추어 진행한 1박 2일 독서캠프, 숲속 도서관, 어머니

---

3 도서관정보정책기획단은 "도서관의 문화프로그램은 타 기관과 차별화되는 것이어야 한다. (중략) 무엇보다 도서관에서는 도서관이 가진 자원 중에 타 기관이 가지지 못한 도서관의 장서를 기반으로 하는 문화프로그램이 있어야 한다는 데에 동의하고 있다. 즉, 매체 발달에 따라 도서관에는 각종 다양한 매체별 자료들이 구비되어 있지만, 가장 잘 구비된 자료는 '인쇄매체'라 할 수 있다."고 말하고 있다. ('도서관 문화프로그램 지향점 모색', 『도서관 문화프로그램 지원 방안 연구』, 2007)

독서회, 장서개발 동아리와 글쓰기에 초점을 맞추어 진행한 동시 짓는 밤, 어린이 여름 시인학교, 작품공방 프로그램을 소개한다.

밤길을 비춰주는 빛

나는 온통 산으로 둘러싸인 동네에서 나고 자랐다. 먼지가 펄펄 날리는 신작로에서 마을길로 들어서면 바로 왼쪽에 아담한 병막굴 저수지가 잔잔하게 출렁였다. 맞은편에는 수수가 한 방향으로 고개를 숙인 채 흔들리는 밭이 있고, 그 옆으로 경계가 구불구불한 논들이 시작되었다. 멀리 삼봉산이 보였는데 높고 올록볼록한 등허리가 다정해 보이기도 하고 우람해 보이기도 했다. 한참을 걷다 보면 야트막한 산 위에 빨간색 지붕을 한 관수네 집이 나타났다. 그 집을 끼고 오른쪽으로 돌면 마을을 지키는 큰 느티나무가 있었는데 느티나무 아래엔 피라미가 은색 배를 드러내며 팔딱팔딱 물결을 거슬러 올라갔다.

정월 대보름 밤에는 집집마다 도둑을 위해 차려 놓은 밥을 훔치다 어느 해는 주영이네 담장도 무너뜨렸다. 초봄이면 땅에 납작 붙어있는 냉이 뿌리를 뽑고, 초여름에는 꺾으면 나타나고 꺾으면 또 나타나는 주황색 원추리를 꺾느라 이슬에 온 머리카락이 젖는지도 몰랐다. 개골개골 소리가 동네에 가득할 땐, 다가가면 뚝 그치고 가만히 있으면 다시 우는 개구리와 숨바꼭질도 심심찮게 했다. 눈감으면 유년 시절이 온통 시 같은데 나는 시를 쓸 줄 몰랐다. 뛰어놀던 어린 날이 밖으로 나오지 못하고 내 안 어딘가에서 꿈틀거리는 것 같아 문득문득 불편했다. '혹시 나 같은 아이가 있지는 않을까? 그 한 아이를 위한 것이어도 괜찮다.'고 생각하며 시를 짓는 법을 배워 그날 바로 시를 쓰는 프로그램을 마련했다.

바닥에 사각 널빤지를 깔았다. 높이가 바닥과 별 차이가 나지 않지만, 그런대로 무대가 될 만했다. 무대 왼쪽에는 길쭉하고 둥근 조명을 놓았고 창문 안쪽 블라인드에는 '어린이 동시 짓는 밤'이라는 글자를 붙였다. 옹기종기 앉은 열네 명의 아이들을 보니 '과연 잘 될까? 빌딩 숲 도시에서만 자란 아이들이 시가 뭔지 알까?' 라는 생각에 한편으로는 조바심이 났다.

“시가 뭔지 아나~~!?” 윤금아 시인이 운율을 넣어 아저씨처럼 말했다.

“……”

대답이 없자 시인이 한 남자아이를 가리켰다.

아이가 멋쩍은 듯 “하~ 하~ 하~” 하며 할아버지 억양으로 웃었다.

“하! 하! 하! 그거야! 그게 바로 시야.” 아이들이 까르르 웃었다.

“동시는 막연한 상상보다 실질적으로 경험한 것, 금방 경험한 것을 가져와 살아 있는 순간을 적으면 돼요. 어른도 어린이가 읽을 수 있도록 동심으로 시를 쓸 수 있어요. 하지만 어린이는 방금 느낀 것을 사실대로 쓰기만 하면 돼요. 그래서 여기 있는 우리 친구들이 동시를 쓰기 쉬워요!” 윤금아 시인이 힘주어 말했다. 어린이는 어른들의 사고력이나 경험, 뛰어난 감각은 없지만 아이들만이 지닌 특별한 생명력과 아이 자신도 알아채지 못하는 통찰력이 있다고 했다.

잔잔하지만 경쾌한 음악이 들리는 곳에서 아이들은 편한 자세로 앉기도 하고, 비스듬하게 놓인 종이의 방향대로 비스듬하게 엎드려 시를 지었다. 시를 다 쓴 아이는 시인에게 가서 보여주었다. 시인은 한 문구 한 문구를 함께 읽고, 이야기를 나눴다. 한 시에 두 개의 이야기가 있을 때는 한 개를 택해서 쓰라고 알려줬다. 고개만 까닥까닥하는 쑥스러움 많은 친구도 있고, 고개를 크게 젖혔다 숙였다 하며 아무렇지 않게 가서 고치는 아이도 있었다. 웃으며 시에 관해 이야기하는 모습이 낯설었지만, 속 시끄러웠던 조바심이 사라졌다.

"그림도 시예요!"라는 시인의 말이 끝나자, 아이들은 큰 도화지에 시를 적고 그림을 그렸다. 완성한 아이는 앞에 나와서 시와 그림을 보여주고 시를 낭독했다.

나도 시를 낭독했다. 시를 쓰지는 못했지만 어릴 적 하루 두 번 들어오던 버스를 기억하며 김용택 시인의 <우리 동네 버스>를 읽었다. 김용택 시인은 나보다 더 궁벽한 시골에서 자랐는지 하루 한 번 들어오는 버스가 뿡뿡 빵빵 들어왔다가 어떨 때는 한 사람도 타지 않고 나가 부아가 나서 뿡뿡 빵빵, 빵빵 뿡뿡한다고 했다. 우리 동네 버스도 그런 적이 많았을 것 같다.

이날 아이들은 시에 대해 듣고, 시를 쓰고, 시를 그리고, 시를 낭독했다. 창밖은 어둠 외에는 보이지 않았다. 아이들은 자신들이 쓰고 그린 시를 조심스레 손에 쥐고 돌아갔다. 조명에서 흘러나오는 노란빛이 집으로 돌아가는 아이들 앞의 어둠을 밀어내듯 마음속에만 머물러 있어서는 안 되는 정서를 밖으로 미는 것 같았다.

책 읽기의 즐거움

10여 년 전 영통은 비교적 신도시였고, 주변에 글로벌 기업 삼성전자가 자리하고 있어 경제적으로 중산층에 속하는 사람들이 거주했다. 지리적으로 강남과 가까워 교육 분위기도 서울의 영향을 받았다. 교육에 관한 욕구와 맞물리는 독서 욕구는 자칫 학습 위주로 방향을 잡을 위험성이 있었다. 아이의 독서를 장려하는 부모 중에 아이를 사랑하지 않는 부모는 없을 것이다. 다만 조절되지 않은 사랑의 양과 방향이 경쟁적인 독서의 한 형태로 나타나 독서의 즐거움을 앗아갈 수 있었다. 간혹 사나운 얼굴로 독서하는 아이의 모습을 지켜보는 엄마를 볼 때가 있다. 아이가 독서에 집중했으면 해서 그런 것 같았다. 유아실에서는 종종 아이를 무릎에 앉히고 오토바이처럼 빠르게 동화책을 읽어주고 또 다른 책을 펼치는 엄마를 볼 때도 있다. 옆에는 읽어주기를 마친 동화책이 수북이 쌓여 있었다.

평소 이런저런 모습을 보면서 독서가 수단이 아니라 그 자체로 즐거운 행위이길 바라는 마음이 생겼다. 그래서 오직 책 읽기의 즐거움에 초점을 맞춰 '쉼과 꿈, 즐거움이 넘치는 1박 2일'이라는 주제로 독서캠프를 마련했다. 초등학교 3~5학년 어린이 30명이 대상이었다. 지금이야 도서관에서 하는 1박 2일 프로그램이 흔하지만, 당시만 해도 그렇지 않았다. 그래서인가, 집이 아닌 도서관에서 1박을 하게 된 아이들은 호기심 어린 눈으로 "정말요? 정말로 도서관에서 자도 돼요?"라고 묻곤 했다.

첫날은 이호백 작가님[4]이 들려주는 '토끼와 책'이라는 이야기를 들었다. 다음으로 '도전, 책 제목을 찾아라', '몸으로 만드는 책 스토리', '어른들은 왜 그래?!'라는 도서관 3종 경기를 했다. 그런 다음 온몸으로 얼음 조각 빨리 녹이기 게임을 한 후 도서관 관련 영화 <페이지 마스터>를

---

4 재미마주 출판사 대표

관람했다. 마지막으로 '맘껏, 양껏, 원 없이 책 읽기'에 들어갔다. 아이들은 책장 사이사이에 자리를 잡았다. 권장도서 목록을 주거나, 따로 책을 뽑아놓지는 않았다. 자유롭게 책을 보다가 잠들면 그만이었다.

다음 날 아침 일찍 파주 출판단지에 있는 재미마주 출판사로 출발했다. 기획 초기에는 도서관 안에서만 프로그램을 진행하고 캠프를 마치려 했으나 우리가 읽는 책이 만들어지는 과정을 본다면 다른 방향에서 책을 이해할 수 있을 것이라는 생각에 출판사를 방문했다. 1시간 이상 차를 달려 파주에 도착한 우리는 재미마주 출판사를 마주했다. 입구에 들어서니 수십 개의 나무옹이가 그대로 보이는 벽면이 보였다. 아이들은 옹이가 만져지는 매끈한 벽을 손으로 쓸면서 줄지어 들어갔다. 곧 사방으로 흩어져 아무 거리낌 없이 돌아다니면서 실제 작업하는 책상에 놓여 있는 책들과 도구들을 만져보았다. 몇몇 아이들은 이호백 작가의 그림책 『도대체 그동안 무슨 일이 일어났을까?』에서 토끼가 롤러블레이드를 타고 가는 대형 그림 앞에 서서 사진을 찍었다. 열두 달이 순서 없이 나열되어 있는 대형 달력 앞에서는 순서의 의미에 대해 이런저런 해석을 했다. 안쪽에는 회의실이라는 구별된 공간이 있었는데 마치 작은 도서관 같았고 책장에는 그림책들이 지그재그 등의 다양한 모양으로 꽂혀 있었다. 『짜장, 짬뽕, 탕수육』, 『내 짝꿍 최영대』, 『나야, 나!』 등 우리 도서관에서 보던 책도 있어서 무척 반가웠다. 이호백 작가님은 아이들에게 직접 책을 읽어주시기도 했는데 늘 가슴 높이에서 아이들 방향으로 책을 펼치고 설명했다. 아이들이 바른 방향으로 책을 볼 수 있게 하려는 배려였다. 출판사에서 준비한 책이 거의 흩어지도록 자유롭게 읽던 친구들은 어느덧 이호백 선생님과 찰칵찰칵 사진을 찍었다. 출판사를 방문하면서 기대했던, 책이 인쇄되는 과정이나 출판 과정 전체를 볼 수는 없었지만 책을 만드는 출판사 내부를 둘러본 것은 특별한 경험이었다.

도서관에서 하룻밤을 자면서 경험하는 독서캠프는 참가자들이 짧은 시간 집중적으로 책과 친해질 수 있게 한다. 도서관이라는 환경에서 재미있게 놀았던 경험은 책을 친숙하게 느끼게 되는 계기를 마련해 준다. 학습이나 과제로서가 아니라 독서 자체가 즐겁다는 것을 알게 되면 아이들은 강하고 변할 줄 아는 사람으로 자랄 것이다. 1박이라는 특성상 담당자가 늦게 잠들고 일찍 일어나야 하는 등 업무 강도가 다소 세다는 어려움이 있었지만, 즐거워하고 행복해하는 아이들의 얼굴을 보는 보람은 컸다.

산새 알
물새 알

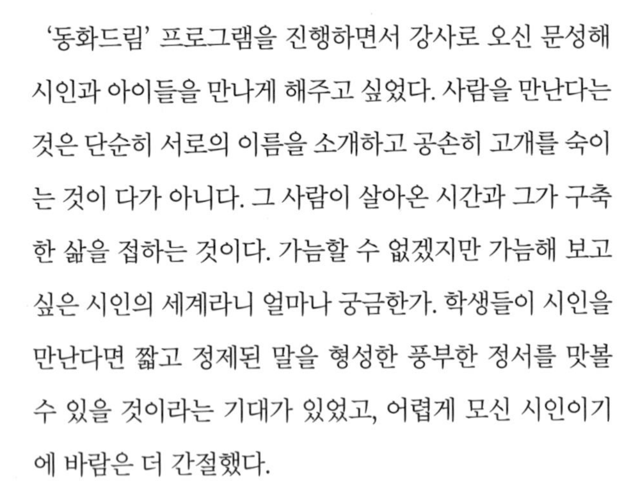

'동화드림' 프로그램을 진행하면서 강사로 오신 문성해 시인과 아이들을 만나게 해주고 싶었다. 사람을 만난다는 것은 단순히 서로의 이름을 소개하고 공손히 고개를 숙이는 것이 다가 아니다. 그 사람이 살아온 시간과 그가 구축한 삶을 접하는 것이다. 가늠할 수 없겠지만 가늠해 보고 싶은 시인의 세계라니 얼마나 궁금한가. 학생들이 시인을 만난다면 짧고 정제된 말을 형성한 풍부한 정서를 맛볼 수 있을 것이라는 기대가 있었고, 어렵게 모신 시인이기에 바람은 더 간절했다.

여름방학을 이용해서 4회의 짧은 프로그램을 만들었

다. 박목월 시인의 시집 『산새 알 물새 알』의 이름을 따서 '산새 알 물새 알 어린이 여름시인학교'라고 이름을 붙였다. 열세 명의 어린이가 신청했다. 출석 체크는 보통 출석란에 동그라미나 √ 표시를 한다. 아니면 이름을 적는다. 그러나 시인학교니 출석 체크도 좀 다르게 할 방법이 없을까 고민했다. 출석 체크를 하는 표에서 이름 옆 공간을 옆으로 길게 만들었다. 아이들이 시인학교에 들어오면서 이 공간에 그 순간의 마음을 한 줄 시로 적으면 되었다.

산새알 물새알 어린이 여름시인학교 출석부

※한줄 시로 출석체크를 해주세요^^

번호	이름	학년	7/29(월)
	문 해	5	빛 속을 [illegible]
	이 순	4	긴 장마엔 산새알 물새알도 축축할까?
1	정 영	6	방학동안 열심히 노력하겠습니다
2	문 진	6	열심히 하겠습니다
3	이 희	6	산새알 물새알 옹기종기 모여 웃음꽃 피운다.
4	이 상	6	햇빛 쨍쨍 폭염이 시작되면 부채는 멈추지 않겠지?
5	김 윤	6	안녕하세요
6	최 원	6	[illegible]
7	최 진	5	맑은 하늘 아래 비는 계속 오겠지?
8	고 연	5	비가 계속 주룩주룩 내리면 [illegible] 되겠지?
9	이 재	5	
10	정 진	4	만나서 반가워요.
11	김 수	4	안녕하세요?
12	김 연	4	안녕하세요?
13	함 현	4	인사할 때 "안녕하세요?" 라고 꼭 해야 되겠지?

영통종합사회복지관(반달어린이도서관)

아이들은 '맑은 하늘 아래 비는 계속 오겠지?', '산새 알 물새 알 옹기종기 모여 웃음꽃 피운다.', '햇빛 쨍쨍 폭염이 시작되면 부채는 멈추지 않겠지?', '비가 주룩주룩 내리면 덥다고 부치는 부채가 비를 황급히 피하는 작은 우산이 되겠지?', '안녕하세요.', '방학 동안 열심히 노력하겠습니다.', '만나서 반갑습니다.'라고 적었다. 먼저 온 사람이 쓴 한 줄 시를 읽고, 자기도 따라서 적는다. 출석 체크를 마치고 들어오는 아이들의 얼굴은 특별한 것 없다는 듯 자연스러웠다. 아이들이 적은 한 줄 시는 글씨 모양도, 크기도, 내용도 제각각이었지만 재미있고 특별하게 다가왔다.

빗 속을 뚫고 왔네.
비는 계속 주룩주룩 내리지만
산새 알 물새 알은 옹기종기 모여 웃음꽃 피우겠지.
안녕하세요,
만나서 반가워요.
비가 그치고
햇빛 쨍쨍 더위가 시작되면
부채가 반가울 거예요.
그때가 오기 전
어린이 여름시인학교
열심히 하겠습니다.

함께 성장하는 맛

2006년부터 11년 동안 '어머니독서회'를 10기까지 운영했다.

아이를 키우는 엄마는 자신의 독서가 아이에게 직·간접적으로 도움이 되기를 원한다. 『엄마가 어떻게 독서 지도를 할까?』(대교출판, 2005), 『내 아이가 책을 좋아하게 하려면』(차림, 2004)과 같이 아이에게 독서 지도를 할 때 참고할 수 있는 책을 읽는다거나, 앤서니 브라운이나 에릭 칼의 작품을 아이에게 읽어주게 되는 것은 직접적인 도움이다. 엄마의 책 읽는 모습과 지역사회 도서관에서 활동하는 모습을 아이에게 보여줄 때 아이는 엄마를 자랑스러워하게 되는데 이것은 간접적인 도움이다. 엄마들의 이러한 열망이 도서관이라는 공간에서 독서 모임이라는 프로그램으로 자리 잡고, 여기에 담당자의 열정이 더해지면 독서회는 시간이 지남에 따라 성장이라는 과정을 밟는 것 같다.

그 당시 나는 책을 읽고 토론하는 것보다 프로그램을 계획하고 운영하는 것에 흥미를 느꼈다. 교육과 독서에 관심이 많은 중산층 도시에 30~40대 엄마들이 참여하는 독서회가 꼭 있어야 한다고 생각했고, 그 모임이 잘 되길 바랐다. 모임 전날 한 사람 한 사람에게 전화하고, 당일 회원이 오면 반갑게 맞이한다. 음료 취향을 물어보고 맥심 커피나 녹차 티백을 대접한다. 모임을 진행할 때 누군가가 발표하거나 의견을 내면 우선 박수로 격려한다. 기수의 회장과 마음이 맞으면 이 행위는 더 큰 효과를 발휘한다.

한 기수는 2년 동안 활동한다. 한 기수의 회원은 다섯 명이나 여섯 명이다. 열 명 이상으로 시작했어도 결국 여섯 명 안팎으로 꾸려진다. 많은 인원을 계속 유지하고 싶다면 대여섯 명으로 된 그룹을 몇 개 운영하면 된다. 2년째 되었을 때 새로운 기수를 맞이한다. 1년은 선배 기수의 도움을 받고, 1년은 후배 기수를 돕는다. 보통 1주에 한 권을 읽지만, 내용이 많으면 2주에 나눠서 읽는다. 시간에 쫓겨 책 읽기에만 편중하는 것을 개선하고자 모임 주기를 1주일에서 2주일로, 1달로 늘려가며 완급을 조절했다. 처음에 독후감 작성이 어렵다면 책에서 마음에 와 닿았던 부분을 옮겨 적는다. 모였을 때는 반드시 운영일지를 작성해 달라고 부탁한다. 일지에는 그날 토론한 책과 참여자 명단을 적고 각 회원의 독서 감상을 한두 줄로 요약한다.

독서회를 시작할 때 한 해에 한 번은 도서관 행사를 지원해야 한다고 알려준다. 작가와의 만남이나 여름방학 독서 교실, 그 외 특별한 행사를 하면 독서회 회원은 서로를 알아가며 재능을 펼칠 수 있다. 가을에는 독서회 회원과 자녀들이 함께 하는 행사를 한다. 황순원문학관, 김유정문학관, 국회도서관, 국립청소년어린이도서관을 방문했다. 연말이 다가오면 도서관에서 자녀와 함께 하는 독서회의 밤을 진행한다. 회원들이 독서토론회에서 읽었던 동화책 중 하나를 선택해 읽어주고, 기수 별로 과하지 않은 게임을 한다. '엄마와 발목 묶고 반환점 돌아오기', '풍선 떨어뜨리지 않고 나르기', '우리 집에 왜 왔니 왜 왔니' 등을 하면서 함께 웃고 즐기다 보면 어느새 겨울의 긴긴 밤도 깊어갔다.

만남을 지속하다 보면 책과 관련한 다양한 활동을 하고 싶다는 의견이 나온다. 토론한 책이 영화로 나왔다거나 작가와 관련된 전시회가 열리면 참석하여 모임을 대신한다. 한번은 다른 곳에서 몇 주에 걸쳐 진행하는 프로그램에 참여하는 것으로 모임을 대체하고 싶다는 제안을 받은 적이 있다. 어느 정도 고민이 됐지만 억지로 막지는 않았다. 책 선정은 그때나 지금이나 쉽지 않은 것 같다. 각자의 취향이나 알고 있는 정보로 책을 선정해도 많은 도움이 되기는 한다. 하지만 책 전문가가 아니다 보니 늘 조심스럽다. 여건이 된다면 강사를 연결하는 것도 좋은 방법이라고 생각한다.

'어머니독서회' 회원들은 독서회의 이점에 대해 다음과 같이 말한다. 지속적으로 꾸준하게 책을 읽는다. 혼자 읽으면 중도에 포기하거나 시작도 하지 않았을 책을 읽는다. 편독을 개선하고 여러 분야의 책을 읽게 된다. 또래 엄마들끼리 모이면 아이를 키우면서 궁금한 점을 나누고 육아 정보를 교환한다. 특히 아이의 독서 지도에 도움을 줄 수 있어서 좋다. 토론 도서에는 성인 책도 있는데, 좋은 책을 만나면 여운에 젖고, 책 속에 그려진 인간의 모습을 통해 자신과 타인에 대한 통찰을 얻는다. 같은 책을 읽고 다른 해석을 하는 것을 보며 속으로 놀라기도 한다. 자각하지 못했던 내 생각의 틀을 발견하고 다양한 생각을 수용한다. 서로서로 독서의 세계로 안내하고, 책을 매개로 순수한 관계를 맺는다.

나는 프로그램이 잘 되기를 바라는 마음으로 독서회를 운영했다. 독서회 회원들은 독서에 대한 순수한 열정으로 참여했다. 프로그램을 운영하면서 독서회 회원들이 성장하는 모습을 보고 나도 시나브로 자극받았다. 지금 이 글을 쓰고 있는 것도 성장의 한 모습일 것이다.

운영자의 역량을 고민하지 말고, 독서회를 도서관의 기본 프로그램으로 운영하라고 권하고 싶다. 때로 힘들지라도 독서회 참여자와 운영자는 반드시 성장을 경험하게 될 것이다. 함께, 때로는 따로따로.

질경이처럼 질기게

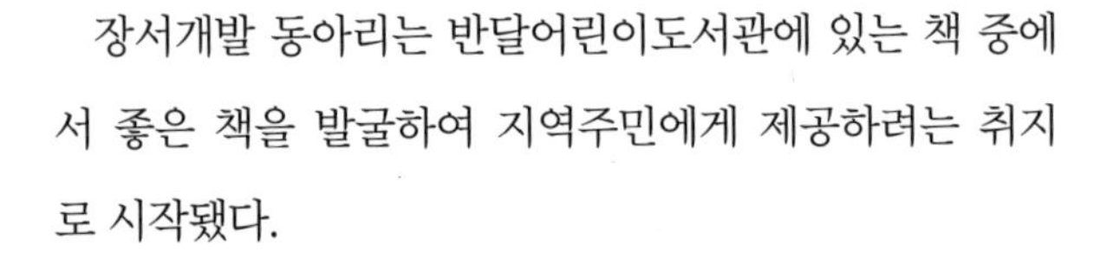

장서개발 동아리는 반달어린이도서관에 있는 책 중에서 좋은 책을 발굴하여 지역주민에게 제공하려는 취지로 시작됐다.

도서관에는 출판사나 다양한 기관에서 보내오는 권장도서 목록이 있다. 책을 구입할 때나 추천할 때 이 목록을 참고한다. 고마운 목록이다. 하지만 마음 한쪽에 목록을 생산하는 도서관이 아니라 목록을 소비만 하는 도서관인 것이 왠지 아쉬웠다. 몇만 권의 책 중에 분명 우리 도서관만의 보물 같은 책이 있을 텐데 이것을 찾아내서 목록을 만들고 우리 지역 어린이에게 읽혀야겠다는 사심도 있었다. 처음 동아리를 시작할 때 SNS 검색을 해봤지만 이런 기능을 하는 동아리는 검색되지 않았다. 우리 도서관이 처음이라고 생각했다. 확실한지는 지금도 모르겠지만 당시에는 자부심이 있었다. 2011년에서 2013년까지 3년 동안 두 개 기수가 운영되었다. 1기는 다소 열정적인 성향의 다섯 분이 활동하였고, 2기는 네 분으로 신중한 성향의 회원들이었다.

1기 장서개발은 '나무 이야기', '지구가 아파요', '함께 사는 세상 다문화', '10월 훈민정음', '뉴베리 수상작', '저학년 동화', '세상에 눈을 뜨는 나이 4학년에게 권하는 책', '여름 추억 여행', '사회에 눈뜨는 시기 5학년', '아이라는 껍질을 깨는 시기 6학년' 등 테마 별로 20권의 책을 선정하고 전시했다. 전시회 테마가 바뀔 때마다 도서관 입구의 안과 밖을 나누는 유리창 전면에는 주제와 관련된 큰 그림을 그렸다. 도서관에 들어온 사람은 먼저 그림을 보고, 그 다음에 앞에 놓인 책으로 시선을 옮겼다.

2기 장서개발은 1기 운영에서 보완과제로 얘기된 개발 목록의 객관성을 확보하기 위해 먼저 개발자의 책 선정 안목을 높이는 데 중점을 두었다. 회원들은 안상헌 작가의 『생산적 책읽기』(북포스, 2010), 『책을 읽어야 하는 10가지 이유』(북포스, 2009) 등을 읽고 토론했다. 그 후 회원들은 선정한 도서를 읽고 흥미성, 가치성, 작품성, 연령별 적합성 등에 점수를 주면서 객관적으로 자료의 가치를 부여하고자 노력했다. 하지만 시간이 갈수록 선정하는 책의 권수가 줄었다. 좋은 책이라고 추천했는데 한 사람이라도 다른 의견을 내면 조율하는 것이 쉽지 않았다. 무안해진 추천자는 슬그머니 책을 책상 밑으로 내려놓았다. 좋은 책 한 권이 아이들 인생의 길잡이가 되기를 바라는 순수한 마음으로 시작한 일이었지만, 전문성이 갖춰지지 않은 상태에서는 계속 운영하기가 어려웠다. 아쉬움을 남기고 2기로 종료되었다.

코로나로 도서관이 조금은 한가해진 말미를 얻어 1기 장서개발 선생님들과 만났다. 10년의 세월이 멈춘 듯 활력적으로 살아가는 모습이 감탄스러웠다. 대화가 무르익어갈 즈음 한 선생님이 뜻밖의 제안을 했다. 다시 모이자는 것이었다. 그날 이후 모임은 이어지고 있다.

어릴 적 우리들의 숱한 발길질에도 다시 살아나던 질경이가 떠오른다. 질경이는 우리나라의 길이나 들에서 흔히 자란다. 질긴 목숨이라는 뜻에서 질경이라는 이름이 붙여졌다고 하는데, 키가 작아 숲속에서는 잘 자라지 못하다가 햇볕이 잘 드는 대로변으로 나오자 특유의 질긴 생명력 덕분에 용케 살아남았다고 한다. 좋은 책에 대한 정보를 제공하는 것이 목표였던 만큼 프로그램의 취지는 좋았지만 유지할 수 있는 환경을 만들지 못해 뿌리를 내리지 못했던 장서개발 프로그램이었다. 하지만 지금은 지역주민이 자발적으로 운영하는 사회적 독서 형태로 새롭게 태어났다.

신남희 새벗도서관 이사는 "도서관에서는 주민들이 자발적으로 참여하여 운영하는 독서회가 사회적 독서로 나아가도록 이끌어 주는 것이 필요하다. 사회적 독서는 사람들이 모여 함께 책을 읽는 것을 의미하기도 하고, 사회적 쟁점을 담은 책을 읽고 인식의 지평을 확대하며 변화를 위한 실천으로 나아가는 것을 의미하기도 한다."라고 말한다.[5]

지역주민 스스로 운영하는 독서모임이 된 (구)장서개

5 『다함께 행복한 공공도서관』, 신남희, 한티재, 2022

발 동아리는 자발성이 강한 만큼 참여자의 삶에 큰 영향을 줄 것이라고 생각한다. 인식의 지평을 확대할 뿐만 아니라 변화를 위한 행동을 실천에 옮기는 독서모임으로 성장해 나가길 바라고 응원한다.

글쓰기 제작소

'미래작가를 빚어내는 지역문학 프로젝트, 작품공방'은 문화체육관광부가 주최하고, 한국도서관협회가 주관하는 '도서관, 문학관 문학작가 파견' 사업의 일환으로 추진되었다. 지역주민들의 문학적 욕구를 채우고, 인문학적 소양을 높이는 것이 사업의 취지였다.

마침 우리 도서관에는 엄마들로 구성된 2개의 독서 동아리와 장서개발 동아리가 운영되고 있었다. 독서 동아리는 자율적으로 1주 또는 2주에 한 번씩 모여 책을 읽고 토론했다. 특히, 장서개발 동아리는 지역 어린이들에게 우리 도서관에 있는 좋은 책을 발굴하여 추천한다는 취지로 운영했다. 조금은 책에 관한 관심과 조예를 갖춘 회원들이었다. 그러나 전문적인 교육을 받지 않았고 기준이나 비교 대상이 없다 보니, 나는 말할 것도 없거니와 활동하는 분들도 종종 방향을 잃었다. 그렇다고 뾰족한 해결 방법도 없는 채로 시간은 흘렀다. 작품공방 사업을 추진한다면 자체적으로 읽고 토론하는 데서 벗어나 전문 작가로부터 독서를 하는 방법에 대해 배울 수 있을 것 같았다. 책을 읽고 쓰기를 경험한다면 막연했던 기준이 세워지고, 불확실성도 어느 정도 사라질 것 같았다. 등단한 공신력 있는 작가에게 배울 수 있는 기회였다. 한 단계 발전하고 성장하는 기회로 삼고 싶었다.

수원 문인협회 게시판에 올린 작가 초빙 글을 통해 문성해 시인과 연결됐다. 독서토론, 시 창작, 문학기행, 문집 발행의 네 개 범주로 수업이 진행된다고 했다. 구체적인 수업 과정과 내용은 문성해 작가님이 구상했다. 문학기행은 수업을 진행하면서 어디로 갈지 참여자와 논의하기로 했다. 결과물인 문집은 반드시 나와야 했다. 기존 동아리 회원 중 원하는 분과 새로 온 분 등 총 20명이 모였다. 10명씩 두 반으로 나누어 시작했다. 6개월 동안 매주 다섯 시간씩 수업이 진행되었다.

처음에 나는 참여에 별 관심이 없었다. 목표 인원을 맞추기 위해 내 이름을 명단에 넣었다. 수업도 도서관이 아닌 강의실에서 진행했고, 업무 중 변수가 많아서 꾸준히 참석하기는 어려웠다. 전체 진행에 문제가 없는지 살피면서 짬짬이 참여했다.

어느 날, 시를 쓰기 위해 자기의 어린 시절을 풀어놓는 시간이 있었다. 엄마와 오빠에 관해 얘기를 나눌 때 예상치 못한 눈물이 나왔다. 딸 다섯을 두고 아들을 데려왔던 엄마와 성장 과정의 오빠가 겪는 갈등 속에서 이러지도 저러지도 못하던 아이가 있었다. 아파서 아픈지도 몰랐던 기억이 말을 통해 나왔다. 이게 웬 망신살인가. 담당자로서 이건 아니지 싶었지만 터져 나온 눈물은 쉽게 멈춰지지 않았다.

그날 시를 지었다.

엄마의 아들

평평한 배를 보는 이마다
배 속의 아이는 아들이라 했다.

그래, 아들. 엄마가 그토록 바라던 그 아들이란 게 뭔가
나는 엄마의 한을 헤듯 크고 넓은 배를 찬찬히 쓰다듬었다.

딸 다섯
엄마는 아버지가 돌아가신 후에도
동구 밖 효자문에 죄를 지을 수 없다며
아들 하나 데려오셨다.

그 아들이 집을 나간 뒤
빈 벽에 매달린 홀쭉한 가방을 보시던 엄마
새벽마다 아버지 산소엔
엄마의 눈물이 이슬처럼 반짝거렸다.

이제 고향엔 오빠가 있다.
마을 어귀 온 동네를 감싸는 느티나무처럼 굵고 높게
거친 손 갈라진 손가락 마디마디로
뒷산 엄마 산소를 지킨다.
엄마의 손길처럼 따뜻하고 포근하게.

마취에서 깨 비몽사몽 중에 낳은 아이가 딸이라는 것을 안 순간 엄마의 한이었던 아들은 잠시 나의 한이기도 했다.

문학이란 이런 거구나! 수업에 참여하다가 감정이 격양되고 자신의 어린 시절 숨겨진 아픔을 들여다보게 된다. 입을 통해 나올 때 감정이 해소되고, 예전에 알지 못했던 자유로움을 경험한다. 문학적 소양이 생기기 전에 감정의 고양이 먼저 된다는 것을 알게 됐다.

프로그램은 11월에 종료되었다. 프로그램이 끝나면 담당자와 참여자가 설문을 작성해야 했다. 담당자인 나는 담당자 설문과 참여자 설문 둘 다를 작성했다. 마지막 질문 문항은 자유롭게 하고 싶은 이야기를 쓰는 것이었다. 나는 두 개 설문지 모두에 '6개월이란 기간이 너무 길다, 3~4개월로 줄여 달라.'고 했다. 그런데 나 외에 모두가 '6개월이 짧다, 최소 1년은 해야 한다.'고 썼다. 당시 그분들의 답변이 이해되지 않았다.

돌이켜보면 나는 운영과 참여를 함께 하다 보니 버거워서 기간이 길게 느껴졌던 듯하다. 나의 경우 꾸준히 참여하지 않았어도 이런 프로그램을 통해 감정이 고양되고 해방감을 맛보았는데 그분들은 어땠을까? 꾸준히 참여했던 사람들은 글쓰기 수업의 만족감이 아주 높았고, 효과가 클 수밖에 없었을 것이다. 글을 쓴다는 것은 마음 안에

이끼처럼 달라붙어 있는 감정을 분리해 어느 정도 거리를 유지한 채 그것을 바라보게 하는 것 같다. 마음속에 어지럽게 남아 있던 어떤 슬픔을 말로 표현하고 글로 적었을 때 슬픔은 더 이상 슬픔이 아니고 불행은 더 이상 나를 끌고 다닐 수 없는 것 같다. 깨닫지 못했던 마음의 요구를 분출하여 가벼워지도록 출구를 마련해준 작품공방 덕분에 나의 신나는 도서관 프로그램 운영 경력이 조금은 더 롱런하지 않았나 싶다.

숲속 도서관

유아도서실에 흐트러져 있는 책들을 집어 서가에 꽂는데 책 하나가 눈에 들어왔다. 제목은 『책의 숲』. 뒤표지를 보니 꼬마 여자아이가 보랏빛 책을 들고 숲으로 난 길을 따라 자박자박 걸어가고 있었다. 길 양쪽에는 연푸른 잎이 달린 나무들이 동굴을 만들 듯 마주 서 있었다. 양 길가에는 잔잔한 색채의 주황색, 흰색 꽃들이 무더기를 이루고 있었다. 세상에는 평화를 표현하는 것이 많지만 나른한 봄날 책을 들고 숲으로 들어가는 것만 할까?

『책의 숲』(안신영 글 / 최정선 그림, 행복한 상상, 2007)은 나무 책장마다 책이 빼곡히 들어차 있는 거실이나 도서관을 책의 숲으로 설정해서 아이들이 책을 읽고 꿈을 꾸며 성장하도록 안내하는 그림 동화책이다. 나는 동화책에서 말하는 상징적인 책의 숲이 아니라 아이가 들어가는 숲에 책이 즐비하게 널려있는 물리적 공간이 더 멋있을 거라고 생각했다. 학업에 짓눌려 있는 아이들에게 정말 필요한 장소가 아닐까? 맑은 공기를 마실 수 있는 아름다운 숲에서 맘껏 책을 읽고 자유롭게 뛰어노는 아이들을 상상하니 벌써부터 즐거웠다.

마침, 멀지 않은 경기도 화성의 한 장소가 떠올랐다. 세 개의 봉우리가 있어 삼봉산이라고 불렀다. 어릴 적 내가 다녔던 초등학교 교가에 '삼봉산에 내린 물 호수가 되어~'라는 가사로 불리던 곳이었다. 그 아래는 호수 대신 너른 잔디밭이 있었다.

삼봉산 숲속 도서관 운영일은 5월 셋째 주 토요일로 정했다. 시골에서 자란 덕에 이날로부터 1주일만 더 지나도 나무 위에서 연둣빛 자벌레가 몸을 비틀며 대롱대롱 내려오는 것을 알았기 때문에 적기를 놓칠 수 없었다. 바로 홍보지를 만들었다.

자연과 꿈이 있는 아름다운 "숲속 도서관"

눈부신 계절 5월이에요.
책들이 가득 펼쳐진 곳,
싱그런 바람이 불어오는 곳,
뽀로롱 짹짹 맑은 새소리 들리는 곳…
아이들이 걸어갈 꿈길이
아름답게 펼쳐진 숲속 도서관이 있어요.

"우리 책의 숲으로 놀러 가자!"

40명의 아이들과 숲속 도서관으로 향했다. '어머니독서회' 회원과 경희대 자원봉사 학생들이 선발대로 출발했다. 남학생들은 삽과 곡괭이로 산 중턱 땅을 평평하게 다듬고, 여학생과 독서회 회원들은 도서관에서 선별해 온 책을 산으로 옮겼다. 여기저기 아이들이 머물 공간에 책을 자연스럽게 놔두었다. 책을 넣어간 박스를 책장 삼아 책을 가지런히 꽂아 놓기도 했다. 우람한 잣나무와 잣나무 사이에는 '2010년 숲속 도서관'을 알리는 현수막을 걸었다.

5월 중순의 삼봉산 중턱에는 『책의 숲』에서 봤던 수채화풍의 싱그럽고 잔잔한 풍경이 펼쳐졌다. 빽빽한 잣나무 어디쯤에서 뾰로롱 짹짹 새소리가 들려왔다. 볼을 간질이는 부드러운 바람이 가녀린 연두색 나뭇잎에 일었다. 아이들은 바닥에 깔아 놓은 돗자리에 배를 깔고 책을 읽었다. 책을 베개 삼아 잣나무 가지 사이로 보이는 파스텔 색깔의 하늘을 바라보기도 했다. 책 탑을 쌓는 친구들도 있었다. 독서회 동아리 선생님은 아이들을 무릎에 앉히고 책을 읽어주었다. 아이들의 꾸밈없는 웃음소리가 잠시 잦아들 때는 뾰로롱 새 노래가 한층 경쾌하게 들렸다.

숲속 도서관 행사를 마치고 산 아래 잔디밭으로 내려왔다. 어떤 놀이를 하자고 말하지 않았는데도 아이들은 알아서 놀았다. 누가 시작했는지 '꼬리잡기', '무궁화 꽃이 피었습니다'를 했다. 부딪히면 크게 다칠 것 같은 속도로 내달리기도 했다. 옆에 있는 푹신한 풀밭에서 검불을 뒤집어쓰고 강아지처럼 뒹구는 아이도 있었다. 길지 않은 인생이어도 나름 쌓였을 힘겨움을 다 비워내고 가겠다는 건지 왁왁 소리치며 뛰었다. 삼봉산 뒤로 해가 넘어갈 즈음 길어진 옆 친구의 그림자를 밟으며 차에 오른 아이들은 갈 때보다 더 큰 소리로 옆자리 친구와 이야기를 나누고 있었다.

책은 상징을 통해서도 말하지만, 문자 그대로를 통해서도 말한다. 꿈과 상상을 펼쳐주는 데도, 독서를 독려하는 데도 『책의 숲』은 좋은 책이었다. 하지만 그림 그대로 준 유익도 좋았다. 숲에서 책을 읽는 행위는 정신뿐만 아니라 몸의 성장도 돕는다. 이미 우리나라의 도서관 중에는 서울 동대문구의 배봉산 숲속 도서관처럼 숲에 물리적인 도서관을 짓고 운영하는 곳이 점차 늘어나고 있다. 스마트폰을 신체의 일부로 사용하는 포노 사피엔스들의 디지털 세상에서 상징으로든 물리적인 공간으로든, 간헐적으로든 상시든 아이들이 책의 숲을 거닐도록 하는 것은 상당히 장려할 만한 일이라고 생각한다.

제 2 장

도서관 프로그램은 사람이다

지난 20년간의 프로그램 운영을 생각하니 자연스럽게 U자 자석이 떠오른다. 철가루가 놓여 있는 곳에 U자 자석을 놓으면 철가루가 스스슥 다가와 말굽자석에 착 달라붙는다. 행사 프로그램을 준비하고 진행할 때 도움이 필요하면 지역주민이 철가루처럼 다가와 주었다. 가장 강한 자성을 발휘한 사람들은 도서관 동아리 회원들과 자원 봉사자들이었다. 누구보다도 도서관을 친숙하게 이용하는 사람들이다. 1억여 원의 외부 공모사업을 진행할 수 있었던 것도 동아리 프로그램이 운영되고 있었기 때문이었다. 장기적이고 단단하게 운영되는 동아리 프로그램은 또 다른 프로그램 기획을 가능하게 한다. 반달어린이도서관에는 젊은 엄마들로 구성된 '새싹회동화책읽어주기'와 은퇴 어르신들로 구성된 '옹기종기동화책읽어주기', 독서회와 장서개발 동아리 등이 있어서 다양한 프로그램을 진행할 수 있었다. 이 밖에도 어린이 독서회 프로그램은 '길 위의 인문학' 프로그램을 진행하는 중에 콩트와 무언극을 공연했고, '수원다산인문학독서회'는 지역주민과 함께 하는 다산 포럼을 개최하는 등 많은 프로그램이 더 많은 프로그램으로 이어졌다.

독서회를 운영하면서 방향과 방법이 맞나 확인해 보고도 싶고, 개인적으로 독서 토론에도 참여하고 싶어 한동안 인터넷에서 독서회를 검색하고 가입 방법에 대해 알아보았다. 몇몇 유료 독서회 및 온라인 독서회 외에는 대부분 도서관에서 운영하는 독서회였다. 결국 참여하지는 못했지만 책을 매개로 커뮤니티를 형성하기 적절한 곳이 지역사회 도서관이라는 것을 확인하는 계기가 되었다. 신뢰를 바탕으로 이루어진 공동체가 경험을 공유하고 상호작용을 하며 함께 성장하도록 돕는 적절한 공간이 도서관이었던 것이다.[6]

프로그램에 대한 아이디어가 떠오르면 먼저 프로그램 성격에 맞는 동아리 회원들을 만나서 프로그램 운영

---

6 책과교육연구소 김은하 대표는 "도서관과 책 생태계에서의 시민적 담론이 매우 필요한 때라고 생각합니다. 각 조직 이익집단의 보호 방식으로 비춰지기 쉬운데, 읽는 인간, 깨어있는 시민으로 살아야 한다는 담론이 만들어져야 합니다. 도서관 문화에 익숙한 독자들에게는 서점, 도서관 등에 적극적이고 자발적 자원봉사자가 되어 힘을 실어주는 역할을 하도록 해야 합니다. 우리 사회의 가장 좋은 지적, 문화적, 기술적 유산을 평등하게 누릴 수 있는 공간이 도서관임을 자각할 수 있도록 함께 소리쳐달라고 할 수 있습니다."라고 말한다. (『도서관 담론』, 경기도사이버도서관, 2017)

의 가능성을 의논하고 구체적으로 어떻게 적용할지, 프로그램에서 가장 중요한 것은 무엇인지 뽑아낸다. 행사의 최종 목표를 정하고 준비에 들어간다. 기획 단계부터 함께 해서 성공적으로 마친 행사는 담당자뿐 아니라 회원들의 마음에도 성취감을 주고, 봉사자들은 지역도서관에 대한 소속감과 자부심을 갖게 된다.

거창하게 책이나 도서관의 가치를 논하지 않더라도 지역사회에는 책을 좋아하고 아이들이 책과 함께 성장하기를 원하는 주민들이 있다. 도움을 요청하면 기꺼이 손을 내밀어 잡아준다. 나아가 '지역 문제'라고 표현할 수 있는 사안도 함께 해결하려고 나서는 강력한 공동체 역할을 하기도 한다. 우리 사회의 가장 좋은 지적, 문화적, 기술적 유산을 공평하게 누릴 수 있도록 크고 작은 프로그램을 펼칠 수 있었던 것은 기꺼이 도서관에 힘을 보태주었던 지역주민이 있었기 때문에 가능했다.

2장에서는 이와 같이 지역주민들과 함께한 프로그램 중에서 '방귀쟁이 며느리' 동화극, '입이 똥꼬에게' 블랙라이트, '해와 달이 된 오누이' 인형극, '으아아악 거미다' 체험활동, '훨훨 간다' 그림자극을 소개한다.

방귀쟁이 며느리

- 동화극

예나 지금이나 아이들은 똥이나 방귀 이야기를 좋아한다. 똥 그림을 보여주면서 콧구멍을 벌름거리며 "똥이다!"라고만 해도 죽는다고 웃는다. 그래서인지 책 중에는 이런 소재를 담은 책이 제법 있다. 『똥벼락』, 『똥시집』, 『누가 내 머리에 똥 쌌어?』, 『똥이 어디로 갔을까?』, 『똥 밟을 확률』, 『방귀쟁이 스컹크』, 『방귀 한 방』, 『내 방귀는 특별해』 등이다.

『방귀쟁이 며느리』(신세정, 사계절, 2008)는 방귀를 소재로 한 대표적 우스개 동화다. 방귀를 잘 뀌는 아가씨가 있었다. 결혼하고 남편 집에서 시부모와 살게 됐다. 친정에 있을 때는 맘 편히 방귀를 뀌었다. 하지만 시가에서는 그럴 수가 없었다. 방귀를 참다가 얼굴이 노랗게 되었다. 사정을 알게 된 시부모님은 방귀를 뀌도록 했다. 여기까지 보면 너그럽고 고마운 시부모다. 메줏덩이 얼굴이 살구꽃 얼굴로 바뀌던 날 시댁의 집은 방귀의 위력에 풍비박산이 났다. 며느리는 소박을 맞았다. 며느리가 시아버지와 친정으로 가는 길에 상인들을 만난다. 상인들은 높은 배나무에 달린 탐스러운 배를 먹게 해주면 가진 재물을 나눠주겠다고 한다. 며느리는 방귀의 위력으로 배를 떨어뜨리고 재물을 얻는다. 시아버지는 기뻐하며 며느리를 다시 데리고 온다.

지금 이 책에 대해 검색해 보니 방귀는 며느리의 노동력이라는 해석도 있다. 며느리라는 존재가 쓰면 뱉고 달면 삼키는 존재냐는 비판의 소리도 있다. 당시에는 깊게 생각하지는 않았다. 방귀라는 것 자체가 재미있는 소재였다. 문화 인프라가 다 갖춰지지 않은 신도시의 아이들은 재미있게 보고 웃을 수 있는 프로그램이 필요했다. 며느리가 방귀를 뀌었을 때 집안의 사람이나 물건이 날아가는 모습, 배가 떨어지는 장면 등이 재미있었다. 며느리가 친정으로 쫓겨나지 않고 다시 시댁으로 돌아오는 해피엔딩의 결말도 성장하는 아이들에게는 필요한 이야기였다. 아이들이 활자라는 매체를 통해 동화를 접했다면, 이제 동화극이라는 것을 통해 입체적으로 동화를 만나게 될 차례였다.

동화극은 '새싹회동화책읽어주기' 선생님들과 준비했다. '새싹회동화책읽어주기'는 지역의 젊은 엄마들로 구성된 한글 동화책 읽어주기 봉사단이다. 유아실에서 책을 읽어주는 활동은 주로 팔과 얼굴을 사용한다. 이보다 더 큰 활동을 해보기로 했다. 더 큰 활동이라는 것은 넓은 세미나실에서 온몸을 사용하여 동화를 들려주는 것이었다. 공개모집을 통해 동화극에 참여해 보고 싶은 지역주민도 모시자고 했다. 봉사자들만이 아니라 도서관에 오는 누구라도 마을 도서관 행사에 참여할 기회를 주고, 지역 아이들을 위해 활동할 기회를 제공하자는 취지였다. 어떤 아이들이 신청할까? 호기심도 생기고, 아무도 안 나설까 걱정도 되었다. 다행히 두 명의 어머니와 그분들의 아이 네 명이 합류 의사를 밝혔다. 두 분 어머니는 산적 역할을 하셨고, 네 명의 아이는 어려서 대사를 하지는 못했지만, 동화극 중간에 나오는 노래에 맞춰 춤을 추기로 했다.

대본은 각색했다. 책을 매개로 하는 프로그램을 만들 때는 우리가 의도한 목적에 따라 내용을 수정하는 재미가 있다. 책의 내용을 이리저리 변형한다. 책의 내용을 빼기도 하고 더하기도 하고 바꾸기도 해서 이야기를 만든다. 원작을 크게 훼손하는 정도는 아니다. 며느리가 시아버지를 따라 친정으로 돌아가는 길에 만난 사람들을 장사하는 사람이 아닌 산적으로 변형했다. 동화책에는 며느리가 시집살이하는 장면이 없었다. 동화극에는 시부모, 남편, 시누이로부터 호된 시집살이를 한다. 대본 중 시아버지가 등을 긁어달라는 요청에 며느리가 등을 득득 긁어주는 부분도 있었다. 그때는 아무렇지도 않게 넘어갔는데 다행이었다. 지금이라면 넣을 생각도 하지 않겠지만, 공연이 끝나고 분명 말이 나올 것 같다.

출연진은 대부분 한복을 입고 분장을 최대한 그럴싸하게 해서 아이들의 시각적 흥을 돋우었다. 초가집이나 나무 배경도 옛날 풍경이 느껴지도록 노란색 위주로 따뜻하게 제작했다. 배우들은 되도록 동작을 크게 하고 과장되게 표현했다. 방귀를 뀌는 엉덩이를 이리저리 흔들어 강조하고, 녹음 기능을 통해 방귀 소리를 아주 크게 들려주었다. 방귀를 뀌어 집이 날아갈 때 연기자들도 몸을 데굴 데굴 굴렸다. 동화극을 보던 아이들은 박장대소했다. 나는 전심으로 온몸 연기를 하는 출연자들을 보면서 마음이 숙연해지기까지 했다.

공연이 끝나고 며느리 역할을 하신 선생님이 앓아누웠다는 소식을 들었다. 죄송했다. 혹시 더는 봉사를 못 하겠다고 하지나 않을까 걱정되기도 했다. 마치 연기자라도 된 듯 공연을 하신 것은 좋았는데 병까지 나다니! 다행히 그만두시지는 않았다. 대신 짧은 소감 글을 남기셨다.

"나는 반달어린이도서관 소속으로 봉사를 하면서 한글 동화 읽어주기를 하고 있다. 이번에 '방귀쟁이 며느리' 동화극을 하게 됐다. 나름대로 열심히 연습해서 공연을 무사히 마쳤다. 처음에 걱정도 많이 했지만, 주변 사람들이 잘했다고 격려해 주었고, 아이들도 재밌었다고 한다. 이번 공연을 통해 영통이라는 마을이 결코 먼 거리에 있는 것이 아니라 생활 속에 있다는 것을 느꼈다. 그리고 사람들 하나하나의 표정에서 얼마나 이런 화기애애한 분위기를 기다려왔는지 알 수 있었다."

'방귀쟁이 며느리' 동화극을 보러 온 사람들은 어린이

집이나 유치원에서 단체로 온 것이 아니었다. 개별적으로 신청해서 참석했다. 80명이 목표였는데 공연자들을 빼고 120명이 관람했다. 세미나실은 빈자리 없이 꽉 찼다. 시작할 때보다 끝날 때 더 후끈 달아오른 분위기를 알아채는 것이 바로 공연의 맛이다. 모든 공연자들도 비슷한 흥에 취해 계속하는 것 같다는 생각이 들었다.

동화책을 매개로 자원봉사자와 지역주민들이 동화극을 만들었다. 인연을 만들고 함께 소통했다. 산적 역할을 하셨던 분들과 자녀들은 이 동화극이 아니었다면 몰랐을 사람들이다. 관객으로 온 사람들은 가족끼리 나란히 앉아 맘껏 웃었다. 관람객이 즐거웠다면 기획하고 공연하느라 들인 시간이 아깝지 않다. 공연을 한 분들도, 공연을 보러 온 사람들도 성장을 경험했기 때문이다. 공연을 본 아이들 중에는 후에 『방귀쟁이 며느리』 책을 읽은 아이들도 있을 것이다.

입이 똥꼬에게
- 블랙라이트

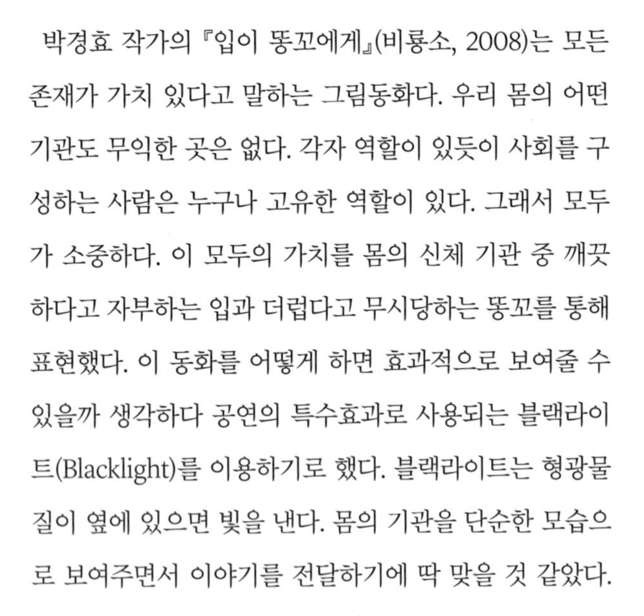

박경효 작가의 『입이 똥꼬에게』(비룡소, 2008)는 모든 존재가 가치 있다고 말하는 그림동화다. 우리 몸의 어떤 기관도 무익한 곳은 없다. 각자 역할이 있듯이 사회를 구성하는 사람은 누구나 고유한 역할이 있다. 그래서 모두가 소중하다. 이 모두의 가치를 몸의 신체 기관 중 깨끗하다고 자부하는 입과 더럽다고 무시당하는 똥꼬를 통해 표현했다. 이 동화를 어떻게 하면 효과적으로 보여줄 수 있을까 생각하다 공연의 특수효과로 사용되는 블랙라이트(Blacklight)를 이용하기로 했다. 블랙라이트는 형광물질이 옆에 있으면 빛을 낸다. 몸의 기관을 단순한 모습으로 보여주면서 이야기를 전달하기에 딱 맞을 것 같았다.

두 개의 고깔 모양 블랙라이트를 마련하고, 두꺼운 보드판에 형광색으로 입과 똥꼬와 눈과 귀, 코를 아주 크게 만들어 붙였다.

공연 당일이 되었다. 형광색 모형만 보이게 하기 위해 공연 공간에 필요한 것은 두 개의 조명 빛뿐이었다. 어두울수록 좋았다. 빛이 새어 들어올 수 있는 세미나실 양쪽 창문과 덧문을 빠르게 타다닥 닫고, 창문과 출입문 틈을 검은 부직포로 덮었다. 그리고 빠르게 모든 등을 토도독 껐다.

"으앙, 엄망... 무서워. 으앙앙앙..." 어디선가 자지러지는 아이의 울음소리가 났다. 곧 공연이 시작될 순간이었는데 갑자기 한 아이가 울음을 터트린 것이다. 순식간에 다가온 어둠이 무서웠던 것 같다. 칠흑같이 어두웠지만, 소리가 들려오는 쪽으로 가까이 가니 인솔해온 어린이집 선생님이 이미 아이를 품에 안아 달래고 있었다. 다행히 아이의 울음소리는 잦아들었다.

'새싹회동화책읽어주기' 자원활동 선생님들이 입과 코, 눈, 똥꼬 모양의 형광색 보드판을 양손으로 번쩍 들었다. 어둠 뒤편에서는 다른 선생님들의 대사 연기가 시작되었다. 두 개의 블랙라이트에 비친 짙은 핑크 입술과 연두색 코와 눈, 똥꼬는 캄캄해서 더 선명했다. 어두운 공간에서 서로 이야기하듯 선명히 움직이는 형광색 모형들은 세미나실을 채운 300개의 눈동자를 빨아들였다. 나는 혹시 울었던 아이가 또 울음을 터트리지는 않을지, 또 다른 아이가 울지는 않을지 귀의 감각을 곤두세웠다.

"앗, 똥꼬가 없어졌다! 똥꼬가 없어졌어!"라는 소리가 들릴 때 팽팽한 긴장감이 어두운 공간을 뜨거운 열기로 채웠다. 이 열기는 악몽에서 깬 입이 곰곰이 생각에 잠기다가 "똥꼬야 미안해~ 넌 정말 소중한 친구야."라고 말할 때 푹 꺼지는 것 같았다.

지금도 도서관 창고에는 블랙라이트 공연을 했던 두 개의 조명이 있다. 조명을 볼 때마다 아련한 그리움과 함께 새삼 컴퓨터에 저장된 사진을 꺼내 본다. 깜깜한 바탕에 선명한 형광 캐릭터들, 조금은 신비하게 느껴지던 무대 장식, 친구들의 놀림에 똥꼬가 몸 밖으로 나가자 배설을 못해 고통스러워진 다른 기관들이 우당탕 난리법석을 치던 장면까지 어제 일인 양 떠오른다. 어둠을 두려워하기도 했지만 뜨거운 열기로 공연 공간을 채웠던 아이들은 이제 초등학생, 중학생이 되었을 것이다. 교실에서 혹시 똥꼬처럼 모진 말들을 들어도 블랙라이트처럼 자기 빛을 잃지 않는 멋진 친구로 자라고 있을 것만 같은 생각이 든다.

해와 달이 된 오누이

- 인형극

매주 월요일 11시부터 30분 동안 유아도서실에서 동화책 읽어주기를 한다. 은퇴하신 할아버지, 할머니가 취학 전 어린이들에게 동화를 들려주는 프로그램이다. 해마다 12월 둘째 주에 종강한다. 한 해를 마무리하는 날인만큼 이날은 회원 전체가 참여하는 특별 프로그램을 준비한다. 이번에는 1년 동안 읽어주었던 동화 가운데 익숙하고 교훈적이며 재미도 있었던 『해와 달이 된 오누이』를 인형극으로 공연하기로 했다. 그즈음 수원에 영상미디어센터가 생겼는데 이 문화센터의 최신 장비를 활용하여 녹음하고, 그 녹음자료를 활용하자고 했다.

『해와 달이 된 오누이』(우현옥 엮음, 두산동아, 2007)는 우리나라 대표 동화다. 한국민족문화대백과사전에서는 한국의 해와 달의 기원 신화였던 것이 민담이 되었고, 지금은 동화로 인식되고 있다고 설명한다. '해님 달님' 이야기의 최초 기록물은 1922년 천도교 잡지 <개벽>이다. 다양한 버전이 있고, 많은 출판사에서 책을 펴냈다. 반달어린이도서관에도 여러 버전의 『해와 달이 된 오누이』가 있다.

이번에는 봉사자분들의 손자, 손녀와 인형극을 준비하기로 했다. 대가 없이 순수한 봉사를 펼치시는 어르신들이 손자, 손녀와 공연을 한다면 보람이 클 것 같았다. 손자, 손녀도 할아버지, 할머니가 자신들이 사는 동네 도서관에서 활동하는 것을 본다면 그분들에 대한 존경의 마음을 더 갖게 될지도 몰랐다.

드디어 영상미디어센터로 향했다. 몇 겹이나 되는 듯 두꺼운 직사각형 창문 너머로 녹음하는 아이들이 보였다. 어르신들의 손자, 손녀 다섯 명은 공연 중간 중간에 들어가는 노래를 합창하고, "호랑아, 호랑아 뭐하니~?", "호랑이가 어떻게 스마트폰을 하니?", "이 깊은 산속에 무슨

TV가 있니?"라고 말하는 대사를 녹음했다. 창문 앞에는 수십 개의 버튼이 있는 방송 장비가 있고, 엔지니어가 앉아서 장비를 조정하며 안에 있는 사람들과 마이크로 녹음 상황을 주고받았다. 안에는 사람 수만큼 마이크가 있었다. 둥글고 큰 원반 모양의 마이크 앞에서 대본을 읽으며 녹음하는 어르신과 아이들은 모두 진지했다.

『해와 달이 된 오누이』 공연은 무리 없이 진행됐다. 녹음 자료는 지금 재사용해도 전혀 문제없을 것처럼 매끄럽다. 이야기의 후반부에 호랑이가 엄마 행세를 하며 오누이가 문을 열도록 유도한다. 오누이는 "손을 내밀어라, 목소리가 너무 굵다."라고 대답하며 호랑이를 의심한다. 언변 좋은 호랑이는 용케 잘 넘어간다. 그러나 마지막에 오빠가 "지난번에 엄마가 읽어준 『혹부리 할아버지』의 끝부분을 말해보세요!"라고 할 때는 대답을 못 한다. 호랑이는 "이럴 줄, 이~ 이~ 이~ 이럴 줄 알았으면 반달어린이도서관 '옹기종기동화책읽어주기'에 빠지지 말고 참여하는 건데… 쩝." 하며 입맛을 다신다. 너무 나간 것 같았지만 도서관을 향한 우리들의 애정에서 비롯된 대사였다.

자원봉사를 하는 어르신들과 손자녀가 함께 준비한 인

형극은 봉사 어르신들의 보람과 자부심을 높였다. 그리고 수원시 영상미디어센터의 전문적 녹음시스템을 경험하는 재미도 있었다. 다만 봉사하는 어르신들이 손자녀와 공연을 해서 보람을 느끼게 하는 것이 목적이었다면 여기에 더 집중할 필요가 있었다. 아이들은 학원 시간도 조정하고 어렵게 시간을 내서 녹음을 하러 왔다. 어르신들은 손자녀를 데려오기 위해 아들딸, 며느리, 사위에게 어렵게 부탁했을지도 모른다. 녹음하는 날 스튜디오에서 가족별로 사진을 찍는다든지, 당일 공연이 끝나고 공연자들을 소개할 때 학교에 가느라 그 자리에는 없었지만 녹음에 참여한 아이들의 이름을 빠짐없이 불러준다든지, 아이들의 녹음이 들어간 부분을 영상으로 편집해서 나누어 주든지 했으면 좋았을 텐데 공연을 잘 마친 것으로 만족한 것이 아직도 아쉽다.

으아아악 거미다

- 체험활동

어릴 적 산속에서 종종 거미줄이 있는 줄 모르고 지나가다가 거미줄이 얼굴에 엉겨 붙었을 때의 끈적임과 찜찜함을 기억한다. 빨리 떨어내고 싶어 사정없이 머리를 흔들고 손으로 거미줄을 쓸어내다가 거미줄에 달려 있던 파리라도 만질라치면 으아악 손까지 정신없이 흔들어대며 혼쭐이 났었다. 산속에는 화려한 색의 거미들이 많았던 것으로 기억하는데, 왠지 가까이 하기엔 꺼림칙했던 존재였다.

『으아아악, 거미다!』(리디아 몽스 글/그림, 홍진 P&M, 2004)는 집념을 가진 거미에 대한 유쾌하고 발랄한 그림책이다. 일반적으로 '거미' 하면 그물, 방사형, 네트워크, 연결, 촘촘, 독거미, 검정, 타란툴라, 두려움, 먹이사슬, 늪, 스파이더맨, 아라크네, 서서히 다가오는 죽음의 그림자, 검정과 빨강 등의 이미지가 떠오른다. 하지만, 이 책은 징그럽고 무서운 거미에 관한 이야기가 아니다. 새까맣고 동그란 몸통에 여덟 개의 다리를 지닌 맹랑하고 사랑스러운 거미 이야기다. 강아지나 고양이처럼 자신도 사랑받는 반려동물이 되고 싶었던 거미가 인간 가족에게 잘 보이려고 온갖 지혜를 짜낸다. 가족은 거미의 이런 마음을 모르고 자꾸 나타나는 거미를 계속해서 내다 버린다. 거미는 그래도 포기하지 않고 정원에 환상적인 거미줄을 만들어 마침내 인간 가족의 일원이 된다. 과정이 눈물겹다. 이 그림책은 동화책을 통한 발상의 전환이 무엇인지 발견하게 한다. 거미줄 그림을 활용해 책 표지를 만든 것도 흥미롭다. 그림책으로 거미의 집념과 거미줄의 아름다움을 알게 된다. 방사형 모양의 가늘고 많은 거미줄을 만들어내는 거미의 예술적 감각에 감탄한다. 마지막 페이지에 그려진 재미있는 반전을 보며 나라면 어떻게 했을까도 생각해 본다.

아이들이 흥미를 갖기에 충분한 내용이지만 여기서 그

칠 수는 없다. 아이들의 뇌리에 콕 박히는 획기적 아이디어가 필요했다.《먼저 자연 그림책에 관심을 가질만한 나이의 초등학교 1학년, 2학년 아이들을 초청한다.『으아아악, 거미다!』그림책을 읽어준다. 다음은 스크린으로 다양한 거미의 종류를 보여준다. 아이들은 종이로 거미를 만들고 코팅한다. 거미를 실에 꿰어 줄을 타고 올라가는 실험을 통해 거미 다리의 원리를 이해한다. 다음으로는 아이들이 거미가 되어 거미줄을 만들어보기도 하고, 종이에 프린트해서 코팅한 종이 모형의 곤충을 거미줄에서 잡아보기도 한다.》고심 끝에 상큼한 여름방학 특별 프로그램 하나가 기획되었다.

드디어 '최고의 건축가' 거미와의 만남 시간이 되었다. 먼저 강의실 책걸상을 벽 쪽으로 밀어 가운데에 큰 공간을 만들었다. 다음에는 셀로판테이프로 아이들 스스로 거미줄을 치게 했다. "어, 거미줄이 손에 붙어요.", "모양이 신기해요." 저마다 한마디씩 했다. 시끌벅적 속에서도 어느덧 그럴싸한 대형 거미줄이 만들어졌다. 거미줄 군데군데에 잠자리, 나비, 파리 모형도 붙여놓았다. "자, 이제 거미가 되어보는 거예요!" 아이들은 자신들이 만든 거미줄 밑을 통과하며 곤충들을 잡기도 하고, 붙이기도 했다.

강의실은 폭염의 여름 기온보다 높은 열기로 가득했다.

열상을 입으면 한동안 치료와 쉼이 필요하다. 어느 프로그램보다 뜨거웠던 그해 체험활동을 마치고, 어떤 선생님은 소진된 힘을 채우느라 연락을 끊기도 했다. 참여한 아이들과 함께 호흡하고 아이들이 즐거워하는 모습을 보는 것은 큰 보람이었지만, 그분들의 수고에 조금 더 관심을 기울여야 하지 않았나 싶다. 미안함과 고마운 마음이 뒤섞인, 오래된 마음의 짐은 코로나 기간에 조금이나마 덜 수 있었다.

'나라면 저렇게 할 수 있을까?' 하는 의문이 들 정도로 열정을 다해 프로그램을 진행해 주신 선생님들, 10년이 지난 지금 어디서 무엇을 하고 계실지? 전화를 돌렸다. 연락이 되기도 하고, 안 되기도 했다. 내 목소리를 듣고는 반가워하기도 하고, 놀라기도 했다. 만나서 짜장면을 먹으며 함께했던 시간과 현재의 시간을 나누었다. 마음의 짐이라는 거미줄에 나를 갇히게 했던 '새싹회동화책읽어주기' 봉사자들을 향한 고마움과 미안한 마음은 만나는 자리 내내 사라지지 않았지만, 그날 집으로 향하는 길에서는 얼굴에 달라붙었던 끈끈한 거미줄이 어느 정도 떨어져 나가는 것 같았다.

훨훨 간다

- 그림자극

수원시는 결혼과 육아로 경력이 단절된 젊은 여성들의 지역사회 참여를 지원하기 위해 여성발전기금[7]을 운영한다. 여성들이 자신 속에 잠자고 있던 숨겨진 재능을 발견하고 계발하여 지역사회로 나갈 수 있도록 돕는 것이다.

영통종합사회복지관[8]은 매년 이 사업에 참여했다. 복지사업은 언제나 교육과 성장, 자발적인 모임을 강조한다. 모(母)기관의 운영이념은 모든 부서와 프로그램에 영

7 현재는 양성평등기금으로 변경되었다.

8 수원시 영통구에 있는 종합사회복지관. 전국 최고의 행복공동체를 지향하고, 지역주민에게 다양한 복지서비스를 제공한다.

향을 준다. 도서관에는 5년 동안 매주 30분씩 일정한 요일과 시간에 한글동화책 읽어주기를 하는 젊은 엄마들로 구성된 동화책 읽어주기 봉사단 '새싹회동화책읽어주기'가 있었다. 그러나 이분들에게 교육까지 해주지는 못했다. 이것이 늘 안타까웠는데 그해 우리 도서관의 '새싹회동화책읽어주기'가 여성발전기금 사업에 신청할 수 있게 되었다. 지원금으로 교육 프로그램을 실시할 수 있는 여건이 마련돼 기뻤다. 프로그램의 이름은 '동화드림'이었다. '동화를 꿈꾼다(Dream)', '지역사회 어린이에게 동화를 선물한다'의 중의어였다. '새싹회' 선생님들과 새로 오신 분들이 합류하여 열다섯 명이 모였다. 2012년 3월 20일부터 10월 31일까지 8개월 동안 진행되었다.

프로그램은 정기교육과 정기 모임, 보육 시설 방문, 특별공연으로 이루어졌다. 항상 같은 프로그램, 비슷한 수준으로 서비스를 제공하다 보면 제공하는 사람이 먼저 지치고 활동의 자세도 시들해지는 것을 발견하는데, 교육은 봉사자들의 성장을 돕고 성장은 더 알찬 서비스로 이어진다. 공모사업 지원금 사백여만 원의 주요 용도는 교육이었다. 교육은 동화구연, 패널시어터, 북아트, 좋은 책 고르는 방법, 풍선아트, 그림자극으로 구성됐다. 대부분 전문 강사가 오셔서 교육과 워크숍을 했다. 강사 섭외의 경우 '길 위의 인문학'처럼 한 주제로 여러 번 강연을 하면 주제 관련 강사를 초청하면서 자연히 강사에 관한 인력풀이 생기게 된다. 그렇지 않은 경우 인터넷을 통해 주제 관련 강연을 검색하거나 관련 책을 검색해서 강사를 만나기도 한다. 복지관에는 수많은 프로그램이 진행되기 때문에 강연 내용과 강사에 대한 정보를 얻을 수 있다는 장점이 있었다.

모임에는 조금은 더 열정이 있고 자격을 갖춘 회원이 있기 마련이다. '새싹회동화책읽어주기' 자원봉사자 중 한 분을 동화구연 강사로 초청했다. 회원이 강사로 섰을 때 본인은 그 경험으로 인해 자부심이 생기고, 같이 활동하는 회원들은 누구든 강사의 자리에 설 수 있다는 희망과 도전을 받게 될 것이다. 강사로 나선 자원봉사 선생님은 초청 강사 못지않게 수업을 진행했다.

3월에서 5월까지는 교육을 받고, 6월과 7월은 보육시설에 봉사를 나갔다. 8월부터 10월까지는 대공연을 준비했다. 어린이집 공연 봉사는 한여름 열기가 무색할 정도로 뜨거웠는데 하루 평균 두 번, 많게는 세 번 봉사를 나갔다. 3개 팀으로 나누어 실시했고 내용은 조금씩 달라도 기본 순서는 유지했다. 인사말, 레크리에이션, 패널시어터, 동화구연, 북아트 및 풍선아트 제작과 선물 증정, 기념 촬영, 마무리 인사 순서로 진행되었다.

각 팀은 그날 진행하는 주제에 맞게 머리띠 같은 소품을 준비하기도 했다. '빨간끈으로 머리를 묶은 사자'를 들려줄 때는 빨간 리본 핀을 달고, '내 귀는 짝짝이' 패널시어터를 할 때는 짝짝이 머리띠를 썼다. '깜장 콩벌레' 공연을 할 때는 검은 고깔모자를 쓰고, '위글리' 빅북을 들려줄 때는 나비 머리띠를 만들었다. 아이들의 눈높이에 맞는 이야기와 책을 가지고 다양한 체험과 활동을 해서 재미있게 책에 다가갈 수 있게 했다. 기존 어린이집에서 하는 수업방식보다 조금은 더 활동적이고 창의적으로 운영했기에 아이들이 즐겁게 참여했던 것 같다. 원장님들과 어린이집 선생님들은 지속적으로 와줄 수 있는지 궁금해했다.

어린이집 동화 봉사를 성공적으로 마친 회원들은 이제 그림자극 대공연을 준비했다. 대공연 주제는 권정생 선생의 『훨훨 간다』(국민서관, 2003)였다. 『훨훨 간다』는 훨훨 온다, 성큼성큼 걷는다, 기웃기웃 살핀다, 콕 집어먹는다, 예끼 이놈, 훨훨 간다 등 짧고 정겨운 우리말과 해학적 그림이 특징이다. 가난하지만 이야기를 좋아하는 할머니와 그런 할머니의 요청을 군말 없이 들어주는 할아버지의 순수한 사랑을 보며 삶의 행복이 무엇인지 생각하게 하는 내용이다.

먼저 그림자극의 기본개념에 대한 교육을 듣고 난 후에 그림자극 도구를 만들었다. 캐릭터 제작은 제법 두꺼운 철사와 나무토막, 딱딱한 코팅 보드지를 사용했다. 팔다리, 고개 등이 자유롭게 움직여야 세세한 움직임까지 표현할 수 있고, 그래야 지루하지 않기 때문에 만들기 힘들어도 움직일 수 있는 부분은 철사를 사용해 연결했다.

우리는 공연 감각을 익히기 위해 그림자극 강사님이 실제로 하는 공연을 보러 갔다. 관람석에서 그림자극을 감상하는 것이 아니라 무대 뒤에서 공연자들이 하는 공연을 보기 위해서였다. 무대 뒤에는 어른 키 정도의 조명기구들이 줄줄이 설치되어 있었다. 무대 앞에서는 네모난 모양의 천에 그림자로 비치는 배경과 캐릭터만 보였을 것이다. 무대 뒤에서는 3명의 공연자가 동작을 맞추었다. 준비해 놓은 도구를 스토리 타이밍에 맞춰 들었다 놨다, 왼쪽으로 뛰었다 오른쪽으로 달렸다, 앞으로 갔다 뒤로 물러났다, 양쪽으로 흩어졌다 가운데로 모였다를 반복했다. 관중석에서 보는 공연보다 몇 배는 흥미로웠다. 혼신의 힘을 다하는 그들을 보면서 우리도 열정을 쏟을 마음의 준비를 했다.

3개월 동안 매주 모여서 동작과 음향을 맞췄다. 공연이 1주일 앞으로 다가왔다.

"선생님, 이 정도 연습으로는 안 될 것 같아요."

"잘 되어가고 있는 거 아닌가요?"

"아이들이 많이 오고, 저희가 하는 마지막 활동입니다. 잘하고 싶어요. 완벽하게 하기에는 시간이 부족해요. 일요일에도 나와서 연습할 수 있을까요?"

"……"

토요일까지 도서관 근무를 하기에 일요일에는 쉬어야 했다. 게다가 일요일에는 복지관의 세콤(SECOM) 보안시스템을 풀어야 해서 기계실의 지원이 필요했다. 난감했다.

나는 일을 덩어리로 받고 결과를 만들어내는 것을 좋아한다. 믿고 맡겨주면 책임을 다한다. 도움을 요청할 때

적절하게 도와준다면 어떻게든 일을 해낸다. 내가 그렇듯 그분들을 믿고, 요청을 들어드려야 한다고 생각했다. 생각 끝에 위에 보고하고 기계실에도 간곡하게 부탁했다. 다행히 요청은 받아들여졌고, 일요일에는 한 번도 열리지 않았던 복지관의 문이 열렸다. '동화드림' 회원들과 그 자녀들에게만 허용된 개방이었다.

매번 다니는 길이지만 가보지 않았던 시간에 간다면 새로운 길이라고 생각한다. 일요일에 청명동과 반달동 사이를 잇는 긴 구름다리를 걷는 건 새로운 세계에 발을 들여놓는 것이었다. 공기의 감촉이 묵직했는데 이전에 느껴보지 못했던 무게였다.

10월 19일, 153명의 어린이가 공연장에 모였다. '동화드림' 봉사를 나갔던 어린이집의 아이들이 온 것이다. 검은색 두꺼운 천이 천장에서 내려와 무대 전체를 가렸다. 공연 공간이 될 사각의 얇은 하얀 천이 검은 천 중앙에 붙어 있었다. 관람석에서 보면 깔끔한 무대장치다. 무대 뒤로 들어가니 조명 장치가 양쪽에 떡 버티고 있었다. 할머니, 할아버지, 도둑, 학 등의 캐릭터가 놓여 있고, 그림자극에 사용할 나무, 녹음기, 각종 전기선이 스토리를 따라 나열돼 있었다. 시나리오가 적힌 A3 용지가 조명기구에 붙어 있었고, 등장 위치를 알리는 청색 테이프들이 바닥에 붙어 있었다. 강사님이 하던 그림자극 무대 배경이 여기에서도 펼쳐진 것이다. 관중석은 올망졸망 아이들로 꽉 채워졌고, 무대 뒤는 그림자극 진행을 위한 기구들로 가득했다. 공연장 뒤의 공연은 이미 시작된 것 같았다.

공연이 시작됐다. 공연 중간쯤에 할아버지가 농부에게 이야기를 얻어듣고 돌아가는 길에 신나서 춤을 춘다. 음악은 당시 막 유행하기 시작한 싸이의 강남스타일이었다. 무대와 관객 사이에 있는 커튼에 서서 양쪽을 보고 있는데 무대 뒤에서는 '동화드림' 선생님들이 각자 캐릭터를 들고 춤을 추고, 관람석에서는 아이들이 일어나 강남스타일 춤을 추었다. 중앙의 하얀 천에는 그림자가 춤을 추고 있었다. 관객과 그림자와 공연자가 일치되는 순간이었다. 혼자 보기 아까운 광경이었다.

공연이 끝나고 소문을 들은 다른 어린이집에서 다시 공연을 해달라는 요청을 해왔다. 공연료를 내고서라도 보고 싶다고 했다. 하지만 때로는 열정이 재가 되기도 하는 것 같다. 결국 재공연도, 다음 해에 '동화드림'을 이어가는 것도 할 수 없었다. 산화되어 재만 남았던 나는 '동화드림'의 'ㄷ'자도 듣기 싫었다. 공연자들도 그랬는지 한동안 나타나지 않았다.

'동화드림'에 참여한 회원 중 한 분은 동화구연 재능이 부각되어 반달문화원[9]에서 주최하는 '반달이야기 대회'에서 동화구연 장려상을 받았다. 이분은 지금까지 이 분야에 종사하고 있다. 몇 분은 직업인으로 나갔고, 어떤 분은 대학원에 진학했다. 몇 분은 함께 그림책 연구소에서 강사로 일하고 있다. 훨훨 날아가서 자신의 삶을 찾은 것이다.

9 반달문화원 : http://www.bandal.org

제 3 장

도서관 프로그램은 목표설정이다

프로그램을 진행하기 위해서는 먼저 사업계획서부터 작성해야 한다. 사업계획서에는 목적, 목표, 세부사업 내용, 예산, 홍보, 평가, 기대효과 등의 다양한 항목이 포함된다. 원해서 하는 프로그램이든 그렇지 않든, 나는 사업계획서에 있는 목표 이외에 나만의 목표를 따로 세운다.

'카카오같이가치' 도서구입 후원금 모금은 우리 기관에서도 처음 시도하는 온라인 플랫폼 모금사업이었다. 그것만으로도 의미가 있었지만, '반드시 모금금액을 달성한다.'에 목표를 두었다.

'길 위의 인문학'의 경우 주최기관인 한국도서관협회가 요구하는 양식에 맞춰 사업계획서를 작성했다. 하지만 개인적으로 '이번 길 위의 인문학을 마치고 나면 참가자 중에서 후기모임에 함께 할 3명을 모집하여 모임 인원을 확충한다.'라는 목표를 세웠다. 기존 후기모임 회원들과 목표를 공유하고 사업 기간 내내 이 목표에 집중했다.

어느 해 '작가와의 만남'을 진행했을 때는 독서회 모임 분위기가 부드럽게 형성되는 것을 목표로 삼았다. 어떤 이유에서인지 모임이 자리를 잡지 못하고 회원들이 방황하는 것 같았기 때문이다. 사업계획서상에는 주제 관련 콩트를 준비해서 회원들이 다양한 역량을 펼치도록 하는 것이 목표였지만, 특별 프로그램을 함께 준비하면 가끔 만나서는 알아챌 수 없는 미묘한 감정의 흐름을 알게 될 터였다. 모임 운영에 걸림돌이 되는 요소를 발견하여 해결함으로써 행사가 끝나면 회원 사이가 자연스러워지기를 바랐다.

'숲속 도서관'의 경우 사업계획서에는 아이들이 숲속에서 독서를 하면 독서에 대한 흥미와 의욕이 높아진다고 기술했다. 물론 숲에서 책을 읽는 경험은 이례적이고, 맑은 공기를 마시며 책을 보면 읽기에 집중할 수 있을 것이다. 하지만 아이들이 학업의 부담에서 벗어나 자연에서 자유롭게 뛰놀면 건강해지고 장기적으로(100세까지) 책을 많이 읽을 수 있을 것이다. 순서에 의한 프로그램은 짧게짧게 끝내고 아이들이 최대한 편하게 놀도록 했다.

옹기종기 선생님들이 하는 '비대면 동화책 읽어주기' 공모사업 프로그램을 통해서는 어르신들이 줌(ZOOM) 프로그램에 적응하게 하는 것이 목표였기에 조명이나 기기 세팅에 거부감이 생기지 않도록 하고, 비대면 활동이 자연스럽게 이루어지도록 했다. 필요한 경우 사전에 개인적으로 도서관을 방문하시도록 해서 줌 사용 방법을 함께 익혀 나갔다.

사서들의 그림 동화책 발간은 '나와 강민정 사서가 어떻게든 책을 만든다.'가 목표였다. 아메바가 만든 것이라고 평가받아도 우리가 발간해야 하는 것이었다. ('동화드림'이나 작품공방처럼 사업계획서의 목표와 나의 목표가 일치하는 프로그램도 일부 존재했다.)

『불가능은 없다』(지성문화사, 2023)의 저자인 로버트 H. 슐러 박사는 "작은 일도 목표를 세워라. 그러면 반드시 성공할 것이다."라고 말한다. 규모가 있는 일이든 작은 일이든 분명한 자기만의 목표를 세우면 의욕은 배가 된다. 그리고 목표가 이루어졌을 때 느끼게 될 기분과 그림이 떠오르면서 하루 빨리 진행하고 싶어진다. 사업계획서상의 목표에 자신의 목표가 더해지면 프로그램을 진행하다가도 '이 프로그램은 왜 하는 거지? 이것을 해서 무엇을 얻는다고 했지?'라고 되뇌기 때문에 방향을 쉽게 잃어버리지 않는다.

제3장에서는 반달어린이도서관에서 사업계획서상의 목표만이 아니라 '나만의 목표'를 더해 추진한 프로그램들과 비영리 민간단체 설립, 수원시 위탁공공도서관 도서관리시스템 변경에 관한 이야기를 소개한다.

도서구입 후원금 모금

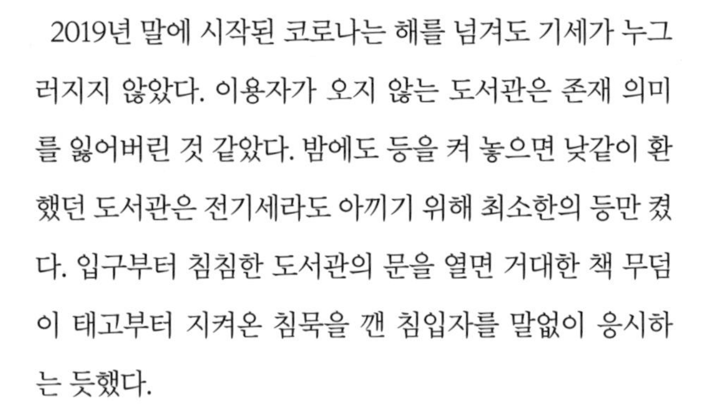

2019년 말에 시작된 코로나는 해를 넘겨도 기세가 누그러지지 않았다. 이용자가 오지 않는 도서관은 존재 의미를 잃어버린 것 같았다. 밤에도 등을 켜 놓으면 낮같이 환했던 도서관은 전기세라도 아끼기 위해 최소한의 등만 켰다. 입구부터 침침한 도서관의 문을 열면 거대한 책 무덤이 태고부터 지켜온 침묵을 깬 침입자를 말없이 응시하는 듯했다.

운영을 중지한 도서관의 예산집행은 제로에 가까웠다. 약간의 기증도서 외에 새로 들어오는 책은 없었다. 그래도 출판사에서는 책을 만들어내는지 신간 카탈로그와 책자를 보내왔다. 책자에서 구매할 만한 책에 동그라미를 쳤지만, 볼펜을 잡은 손가락 끝에는 힘이 없었다. 코로나가 끝나고 책을 구매할 시기가 오리라는 것을 의심하지 않았다. 하지만 코로나 시대를 반영하는 책이 적시에 들어오지는 못할 것이다. 공백기가 남을 도서관 장서 구성을 생각하니 덜컥 겁이 났다.

어떻게 책을 구매할 수 있을까, 책을 구매할 예산을 어떻게 마련할까 고민하던 중 코로나 기간에 오히려 활발하게 모금을 진행하고 있는 '카카오같이가치'를 알게 됐다. '카카오같이가치'는 더 나은 사회를 만들기 위한 사회공헌 플랫폼이다. 누구나 모금을 위한 프로젝트를 제안할 수 있지만 주로 복지 관련 단체가 신청한다. 우리 도서관은 복지관 내에 있었기에 모금 제안이 수월했다.

코로나 시기에 '카카오같이가치' 플랫폼이 유용했던 가장 큰 이유는 사람을 대면하지 않고 후원을 주고받을 수 있어서였다. 온라인으로 진행해서 공간의 제약을 벗어난다. 기부자 범위는 전 국민이며, 응원을 의미하는 하트만 눌러도 100원이 기부된다. 네이버 해피빈과 함께 우리나라 대표 기부 플랫폼이라서 인지도도 높았다. '두 글자 이상 댓글만 달아도 카카오에서 100원씩 대신 기부를 해 준다니. 아, 이렇게 좋은 방법이 있을까!' 사막에서 오아시스를 만난 것 같았다.

모금을 진행해 본 적이 없어서 한편으로 두렵기도 했지만, 벼랑 끝에 내몰리면 의외로 방법과 용기가 생기기도 하지 않는가. 가장 먼저 플랫폼에 올라갈 글을 작성했다. 간절함 때문인지 글은 금방 써졌다. 그리고 뭔가 다른 것은 없을까 생각했다. '카카오같이가치' 플랫폼에는 모금을 요청하는 수많은 글이 올라온다. 댓글을 한 번이라도 더 쓸 이유, 응원의 글을 한 줄이 아니라 두 줄로 쓸 이유, 댓글을 쓰는 사람이 글을 읽는 사람에게 오히려 함께 하자고 할 이유가 있다면 무엇일까?

평소 틈틈이 배우던 영상기술을 활용하기로 했다. 도서관 추천 도서 소개 영상을 만들 때 사용했는데, 모금 영상을 만들어보는 것도 괜찮을 것 같았다. 조금의 성의라도 더 보태면 알아주는 사람이 있을 거고, 기대한 일이 일어날지도 모른다고 생각했다. 10기 '어머니독서회' 김정은 회장님이 모금 영상 내레이션을 맡아주셨다.

드디어 '카카오같이가치' 플랫폼에 '자라나는 아이들에게 한 권의 책으로 넓은 세상을 선물해요!'라는 제목으로 모금 글이 실렸다.[10] 모금 기간은 2021년 10월 20일에서 11월 20일까지 한 달이고, 목표 금액은 오백만 원이었다. 알지 못하는 사람들의 즉각적인 응원 댓글이 올라왔다. 처음 경험해 보는 온라인 플랫폼 모금이 신기했다. 틈날 때마다 '카카오같이가치' 플랫폼에 들어가 모금액과 댓글을 확인했다. '카카오같이가치' 측에서는 온라인에 글을 올린 것만으로 만족하지 말고, 후방에서도 모금을 위해 지원 활동을 해야 한다고 했다. 관내에 홍보지를 만들어 붙였다. 모든 동아리 회원에게 모금 사이트 링크를 보냈다. 관심과 참여를 부탁드렸다.

다행히 각 동아리 회장님이 발 벗고 나서주었다. 어떤 회장님은 지인이 김장하는 날 함께 김장을 하면서 후원을 부탁할 예정인데, 잠깐 와서 인사를 하면 좋겠다고 했다. 미안하기도 하고 부담스럽기도 했지만, 발걸음이 그곳으로 옮겨지고 있었다. 도착하니 회장님과 반갑게 인사를 나눈 지인은 김장을 하기 위해 꼈던 빨간 고무장갑을 벗

---

10 https://together.kakao.com/fundraisings/91505/news

고, 스마트폰을 열어 그 자리에서 오만 원을 송금하였다. 나는 일생 그렇게 잘 넘어가는 절임 배추의 맵고 알싸한 맛은 처음인 듯 거실 한가운데서 맛난 점심을 먹었다. 일터 밖의 지인들, 전에 일터에서 함께 일했던 분들, 현 직원들이 함께 해주었다.

처음에 목표 금액 오백만 원이 많은지 적은지 몰랐다. 우선 해보자는 마음이었고 달성해야 한다고 생각했다. 모금 기간의 반절이 지나가는 시점에서 모금액은 쉽게 증가하지 않았다. 다행히 처음 신청하거나 오랜만에 신청하는 경우 카카오에서 지원하는 '카카오 웰컴 기부금' 50만 원을 받았다. 그래도 목표 금액 달성은 쉽지 않아 보였다.

모금 홍보지를 들고 복지관 근처 사업장을 방문했다. 코로나로 폐업신고서를 붙인 가게들 사이를 지나갈 때는 죄인이 된 기분이었다. 식당에 밥을 먹거나 카페에 차를 마시러는 갔지만, 후원을 부탁하러 갈 줄은 몰랐다. 용기를 내 들어간 곳도 있고, 망설이다 결국 돌아선 곳도 있다. 이러다가 며칠 안에 금방 마감하는 것 아닐까 할 정도로 기꺼이 후원해주는 사장님들을 연달아 만난 날도 있었다. 어떤 곳은 잘 듣다가 후원 얘기가 나오자 "사장님 안 계세요."라고 말하는데 순간 설명할 명분이 사라져 당황하기도 했다. 그때는 내심 섭섭했지만 지나고 보니 다 재미있었다는 생각이 든다.

총 5,001,900원이 모금되어 코로나 시기에 출판된 책을 구입할 수 있게 되었다. 수서 목록은 어느 해보다 신중하게 작성했다. 출판연도의 공백을 메워줄 437권의 신간이 들어와 이용자의 눈길이 가장 먼저 닿는 신착 도서 서가에 꽂혔다. 나란히 꽂혀 있는 책들의 책등이 형광등 불빛의 도움을 받아 더 반짝반짝 빛이 나고 눈이 부셨다.

언젠가 뉴욕공공도서관에 대한 다큐멘터리 형식의 영화를 본 적이 있다. 도서관이 적극적으로 펀딩을 하는 것을 보면서 도서관 후원이 일반적이지 않은 우리나라와는 분위기가 많이 다르다고 생각했다. 꼭 재정적인 도움뿐만이 아니라 시민들의 관심과 지지를 이끌어내기 위해 노력하는 사서들이나 그들을 지원하는 시민의 협력 네트워크가 부러웠다.

코로나 덕분에 생각해 본 적이 없는 모금을 진행했다. 과정이 쉽지는 않았어도 우리나라 도서관도 미국의 도서관처럼 일정 부분 후원으로 운영될 수 있다는 것을 경험했다. 또한 도서관을 사랑하고 지원하려는 마음을 가진 사람은 도서관이 위치한 지역뿐만 아니라 전국적으로 존재한다는 것도 알게 되어 적잖은 위로가 되었다. 또 언제 이런 일을 할까 싶기는 하지만 기회가 주어진다면 다시 한 번 도전해 보고 싶다.

수원화성에서 만난 정약용

2000년대 후반 신문에서 모 대학 인문학과 교수들이 위기에 처한 인문학에 대한 사회적 관심을 촉구하는 선언문을 낭독하며 침통한 표정으로 줄지어 서 있는 사진을 보았다. 대학의 인문학부들이 통폐합되고 있다는 소식이 들렸다. 시장 논리와 상업화에 따른 위기를 말하는 것 같았는데, 관련자나 대학에서 사용하는 '인문학'이라는 용어가 왠지 낯설었다. 이렇게 의미가 애매했던 용어를 자주 듣고 사용하게 된 것은 한국도서관협회에서 주최한 '길 위의 인문학'을 진행하면서부터다.

'길 위의 인문학'은 문화체육관광부가 주최하고 한국

도서관협회가 주관한 전 국민 대상 인문학 프로그램이다. 전국 도서관에서 진행되었다. 지역 도서관을 거점으로 한 지역문화가 주된 주제였다. '길 위의 인문학'의 가장 큰 특징은 강의 위주의 인문학이 아니라 탐방이라는 이론의 내재화 요소가 들어있는 것이었다. 강의실 밖으로 나온 인문학은 생기를 찾고 속도를 내며 전국으로 퍼졌다.

'길 위의 인문학'은 물리적 공간에서 나온 인문학이 생활 속에서 삶을 성찰하도록 도왔다. 인문학이 대학이나 소수의 향유에서 대중으로 확대되었다는 점, 책을 매개로 했다는 점, 공간의 한계를 넘어 탐방으로 이론의 내재화를 도모한 점, 후속 모임을 통해 생활 속 인문학의 가능성을 제시한 점, 도서관이 위치한 지역 사람들의 인문학적 소양을 고양했다는 점 등에서 국민적인 지지와 응원을 받았다고 생각한다.

초등학교 입학 전 엄마를 따라 처음 남문 — 지금의 팔달문 — 에 갔을 때, 팔달산 정상을 향해 하늘까지 솟아 있는 듯한 수원화성 성곽을 보았다. 우람하고 견고해 보이는 성곽이 퍽 인상적이었다. 그 성을 설계한 정약용과의 만남이 '길 위의 인문학'의 시작이었다.

수원은 한때 수도가 될 수도 있다는 가능성을 안겨준 정조라는 군왕과 그 왕이 지은 수원화성에 관심이 많다. 반면 수원화성을 설계하고 정조와 수어지교의 관계를 맺었던 정약용에 관해서는 관심이 덜하다. 왕과 신하의 관계이니 왕에 초점이 맞춰지는 것은 당연하다고 할 수 있지만 '다산이 숨겨진 것 같다.'는 생각이 들 정도다. 다산 관련 강의가 열리기는 했지만, 다른 강연과 함께 1회성으로 진행되는 경우가 많았다. 다산이라는 인물이 육경 사서를 비롯해 1표 2서의 경세학, 역사, 문학, 지리, 천문학, 정치, 경제, 사상, 법, 교육, 음악, 원예 등 다양한 분야에서 국가와 개인의 삶에 큰 영향을 주었던 것을 생각할 때 많이 아쉬웠다. 그래서 해마다 수원화성과 정약용이라는 큰 틀 아래 소주제를 달리하며 몇 년 동안 '길 위의 인문학'을 진행했다.

2013년 '길 위의 인문학'을 시작하여 2017년까지 5년간 진행하고, 2018년에는 쉬었다가 2019년에 다시 실시했다. 2020년 코로나로 도서관이 급격한 변화를 겪기 전까지 총 여섯 번의 '길 위의 인문학'을 진행한 것이다. 총 1,346명이 참석했고, 지원받은 금액은 5,530만 원이었다.

2013년은 다산과 수원화성, 2014년은 다산과 시문, 2015년은 다산과 노래, 2016년은 다산과 법, 2017년은 다산과 신서학(4차 산업혁명), 2019년에는 다산과 차를 주제로 진행했다. 강사는 수원지역에서 다산을 연구하는 분들을 먼저 초청했다. 다음으로 범위를 전국적으로 넓혀서 다산 관련 권위자나 책을 저술한 분을 모셨다. 한 해에 성인과 어린이로 나눠 진행했다. '어린이 길 위의 인문학'은 다산 책을 지은 작가를 만나는 것으로 시작했다. 탐방 장소도 수원화성, 남양주 다산 생가, 전남 강진 유배지, 경북 포항 장기 유배지, 충남 아산 봉곡사 등 다산과 관련된 대표적인 곳들을 선정했다.

'길 위의 인문학' 행사에서 여러 일을 했고, 성과도 많았다. 주제를 강조하기 위한 이벤트도 진행했다. 한번은 탐방지로 가는 버스 안에서 진행할 '다산 관련 가로세로 낱말 퍼즐'을 만들었다. 풀어보기만 하던 퍼즐을 직접 만들려고 하니 굳어버린 뇌가 말랑말랑해지는 것 같았다. 힘들었지만 재미있었다. 그리고 학생들과 다산 관련 콩트 '일진의 최후'를 연기했다. 조선 후기 삼정의 문란을 현대식으로 각색했는데 내용이 좀 어려웠는지 구경하는 아이들은 별 반응이 없었다. 그날 강사로 오신 분만 시종일관

웃고 계셨다.

'다산 개사 노래방'을 운영했다. 잘 기억나지는 않지만, 가수 장윤정 님의 '어머나'를 개작한 노래가 인기를 끌었던 것 같다. 후속 모임 참여자들이 포럼을 개최했다. 이것은 '길 위의 인문학'에 참여했던 수혜자가 다산 정약용을 알리는 주제 발표를 통해 공급자로 변화한 꽤 주목할 만한 성과였다. 다산 그림책(『다(茶)사랑, 다산』)을 발간하고, '어린이청소년다산독서회' 회원들과 다산 차 노래(제목:Tea)를 창작했다. '다산의 유배 일생'도 공연했는데 다산이 강진으로 유배 가서 차를 통해 기운을 차리고 위로 받았던 내용을 차나무의 관점에서 표현한 퍼포먼스였다. 영상을 가미한 종합 예술적 분위기가 나름 수준급이었다고 생각한다.

몇 개의 상을 받았다. 행사 사진 부문에서 담당자가 2회 수상했고, 두 명의 참여자가 한국도서관협회가 운영하는 '길 위의 인문학' 네이버 카페 후기 글 공모에 당선되었다. '길 위의 인문학'을 모두 종료하고 진행한 후기 공모전에서 청소년부 우수상, 일반부 장려상, 담당자부 장려상을 받았다. SBS모닝와이드와 BTN(한국불교대표방송)

에 우리가 진행한 '길 위의 인문학'이 방영되기도 했다.

지역의 역사적 인물을 해마다 다른 주제와 내용으로 조명하고 매번 다른 창의적 요소를 적용·경험하는 것은 즐거운 일일 뿐만 아니라 참여한 사람들도 함께 성장하는 계기가 되었다.

나는 '길 위의 인문학'을 만남이라는 단어로 정의한다. 먼저, 다산 정약용과의 만남이다. 그는 조선 후기 정부와 백성의 강한 저항을 받았던 서학에 긍정적이었다. 그런 태도는 거중기 같은 첨단기술 개발 등 과학적 방법으로 수원화성을 건설하는 데 도움을 주었다. 그는 책을 읽고, 글을 쓰고, 채소와 꽃을 가꿨다. 차를 마시며 흥취를 즐겼다. 임금과 나라와 백성을 사랑했다. 억울함을 삭히기도 했지만, 책 쓰기 같은 건강한 방법으로 좌절을 극복했다.

둘째는 지적 갈망이 높은 지역주민과의 만남이다. 지역주민은 강연과 세미나, 탐방에 적게는 30명에서 많게는 60명까지 왔다. 행사 진행 전 주제 도서를 읽고 독후감을 작성했다. 모든 행사가 끝난 후에는 후기를 작성했다. 후속 모임에도 10명에서 15명이라는 적지 않는 인원이 참여했다.

후기모임은 길 위의 인문학 후속 동아리로 이어졌다. 2014년 1기 '수원다산인문학독서회', 2015년 1기 '어린이청소년다산독서회', 2016년 2기 '수원다산인문학독서회', 2017년 2기 '어린이청소년다산독서회', 2019년 3기 '수원다산인문학독서회' — 2기와 합쳐서 구성 — 가 꾸려졌다. 코로나 시기에 '어린이청소년다산독서회'는 활동을 중지했다. '수원다산인문학독서회'는 2022년 4월 비영리 민간단체 '수원다산클러스터랩'으로 독립했다.

셋째는 정약용을 연구하고 알리는 사람들과의 만남이다. 수원지역에서는 정약용을 알리는 이달호 박사님, 조성을 교수님, 김준혁 교수님 등을 만났다. 전국적으로는 김세종 소장님, 김남기 이사장님, 김태희 소장님 등 활발하게 활동하는 분들을 만났다. 어린이와 청소년을 대상으로 다산 관련 책을 쓰신 안소영 작가님, 김선희 작가님을 만났고, 대를 이어 강진 차를 연구하는 이한영전통차문화원 이현정 원장님과 수원 지역 차 전문가인 정지인 원장님도 만났다.

마지막은 한국도서관협회 '길 위의 인문학' 본부 운영 시스템과의 만남이다. 담당자와 참여자에게 초점을 맞춰 해마다 효율적으로 변화하는 운영 기술이 만족스러웠다. '길 위의 인문학' 공모에 선정되면 올해는 어떤 것이 변해 있을까 기대하게 됐다.

강의실 밖 삶의 터전에서 진행된 '길 위의 인문학'은 과거와 현재가 만나고, 다양한 관계를 만들고, 각종 이벤트를 생성해 내면서 성찰과 성장과 성숙이라는 단계를 한 선상에서 맛볼 수 있는 프로그램이었다.

단단한 그들,
작가와의 만남

대학교를 졸업하고 1994년 화성시 최초의 공공도서관에서 공무원으로 일을 시작했다. 도서관은 평평하고 넓은 2층 구조로 되어있었다. 1층에는 열람실과 어린이자료실, 사무실이 있었고, 2층은 종합자료실이었다. 나는 2층에 자리를 마련했다. 아직 상주 인력이 없었던 1층의 어린이자료실 문을 가끔 열고 들어가면 높은 천장 아래 놓여있는 책장과 책상이 오랜만에 느끼는 사람의 온기에 반응하는 것 같았다. 누구의 관심도 손길도 닿지 않은 어린이자료실은 한기까지 느껴져서 어서 등을 돌리고만 싶었다.

2004년 7월 반달어린이도서관에 오니 크기가 화성시

도서관의 어린이실 만했다. 그때 그곳이 안타까웠던 만큼 마음속에 의욕이 솟았다. 개관 다음 해인 2005년부터 '작가와의 만남' 프로그램을 진행했다.

나는 그때나 지금이나 성공의 범주에 '작가와의 만남'을 넣고 있는데, 첫 번째 이유는 참여자의 숫자다. 첫 해 『나쁜 어린이표』의 저자 황선미 작가와의 만남에 130명이 온 것을 시작으로 그 언저리 또는 많을 때는 180명이 참여했다. 지역의 다른 도서관에서 진행한 '작가와의 만남'이 '70~80명 참석', '많은 인원 참석'이라고 소개되는 것을 볼 때 자부심이 느껴졌다.

늘 마음속으로 달성할 목표 인원을 사업계획서의 목표 인원보다 20명에서 30명 정도 높게 설정했다. 홍보지를 만들어 도서관 홈페이지와 네이버 카페 '반달과 책', 지역 대표 온라인 카페 '영통주민연합' 등에 업로드했다. 복지관과 도서관 입구 곳곳에도 부착했다. 특히 도서관 입구의 벽 양쪽에는 빈틈없이 홍보지를 나란히 붙였다. 일명 도배 홍보였다. 인근 도서관과 박물관, 문화센터, 동사무소를 방문해 직접 붙이기도 하고 게시를 부탁하기도 했다. 견학을 오는 어린이집에 홍보지와 참가신청서를 보내가정통신문에 동봉해 주시도록 요청하기도 했다. 도서관 동아리 네트워크는 언제나 든든했다.

어느 것 하나 중요하지 않은 홍보 방법이 없었지만, 참가자를 가장 많이 확보한 것은 대면 홍보였다. 도서관에 오는 이용자에게 A4 홍보지와 신청서를 주고 아주 짧은 시간에 이번 '작가와의 만남'이 왜 좋은지, 특징은 무엇인지 설명한다. 그러면 열이면 예닐곱 명은 신청서를 썼다. 갑자기 신청서를 받고 얼결에 작성하기도 했다. 신청서를 썼다고 다 오는 것이 아니라는 걸 안다. 하지만 사전에 받은 신청서의 양은 행사의 규모와 성공 여부를 예측할 수 있게 한다.

작가가 결정되면 작가의 대표 작품을 읽어본다. 지역적 분위기나 당시 사회 트렌드를 살피고 작은 의미라도 작가나 작품과 연결할 수 있는 고리가 있다면 연결하려 했다. 황선미 작가와의 만남 때는 비경제적 순수 출판 정신에 힘입어 출판사에서 작가의 책을 후원받아 참가자들에게 배부했다. 풍속화 화법으로 그림을 그리는 이억배 작가의 경우는 작가의 황소 그림을 대형으로 그려 행사장을 장식했다. 고정욱 작가의 경우 장애 관련 책을 전시했다. 사전에 작가의 책을 읽는 행사를 진행해 행사장 로비에 독후감을 전시했다. 많은 경우 작가와의 만남 강연 시작 전에 주제와 관련한 단막극을 선보였다.

이런 특별 행사의 장점은 두 가지가 있는데, 하나는 행사 한 달 전부터 도서관 내에 잔치 분위기가 만들어지고 이용자들이 행사에 대해 호기심을 갖게 된다는 것이다. 두 번째 효과는 행사를 준비하는 동아리 회원들의 참여와 열정이 지인들의 초청을 위한 마중물이 되는 것이다.

2012년에 공모사업으로 프로그램 방향을 전환하기 전까지 8년 동안 채인선, 박상률, 고정욱, 이금이, 김향이, 이범, 이억배, 김소연, 권윤덕, 이호백, 송영오, 김현광 작가를 만날 수 있었다.

이처럼 도서관은 작가를 만날 수 있는 장점을 지닌 곳이다. 서가에 꽂혀 있는 수많은 책은 반드시 작가가 있다. 특히 도서관은 독서회나 다른 도서관과의 네트워크를 통해서 좋은 작가를 추천받을 수 있다.

'작가와의 만남'은 작가를 만나 책이 구상된 배경을 직접 들을 수 있고, 작품을 입체적으로 이해할 수 있게 한다. 작가에게 듣지 않았다면 몰랐을 책에 관한 지식은 작품속의 인물을 맥락 안에서 이해하게 한다. 행사를 계속 진행하면서 나는 작가들에게 특이한 분위기가 있다는 생각이 들었다. 지은 책도, 강의 내용도 달랐지만 그들은 세상에 쉽게 흔들리거나 외부의 영향을 받지 않는 것 같았다. 수수한 외모에 차분하고 진솔한 강의 태도, 따뜻하고 너그러운 미소, 깊은 사색이 가져다주었을 듯싶은 안정감은 그들의 내면이 단단하다고 말해주는 것 같았다. '작가와의 만남'을 통해 작가들을 가까이에서 접촉하면서 그들을 형성하고 있는 내면을 들여다볼 수 있었던 것은 행운이었다.

사서의

그림 동화책

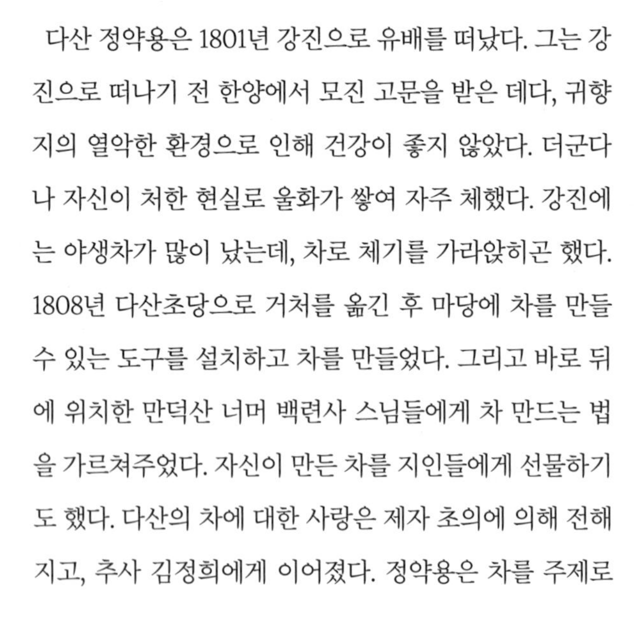

다산 정약용은 1801년 강진으로 유배를 떠났다. 그는 강진으로 떠나기 전 한양에서 모진 고문을 받은 데다, 귀향지의 열악한 환경으로 인해 건강이 좋지 않았다. 더군다나 자신이 처한 현실로 울화가 쌓여 자주 체했다. 강진에는 야생차가 많이 났는데, 차로 체기를 가라앉히곤 했다. 1808년 다산초당으로 거처를 옮긴 후 마당에 차를 만들 수 있는 도구를 설치하고 차를 만들었다. 그리고 바로 뒤에 위치한 만덕산 너머 백련사 스님들에게 차 만드는 법을 가르쳐주었다. 자신이 만든 차를 지인들에게 선물하기도 했다. 다산의 차에 대한 사랑은 제자 초의에 의해 전해지고, 추사 김정희에게 이어졌다. 정약용은 차를 주제로 많은 시를 짓고, 차를 청하는 편지도 주고받았다. 조선이 세워지면서 사라졌던 차 문화가 다시 일어나기 시작했다.

다산에 관심을 갖고 강진을 탐방하다가 강진의 차를 만났고, 강진 차의 유래가 다산이라는 사실을 알게 되었다. 그래서 2019년에 차를 중심으로 정약용을 알리는 세미나를 준비하게 되었다. 인터넷을 검색해보니 아직 우리나라에 정약용의 차와 관련된 세미나는 열리지 않은 것 같았다. 다소 무거운 철학이나 사상이 아닌, 맛으로 만나는 다산 정약용은 아주 신선했다.

세미나를 준비하며 다산 차 그림 동화책을 만들어 볼까, 고민했다. 세미나의 한 파트를 푸릇푸릇한 찻잎이 그려진 그림 동화책 제작으로 구성한다면 효과가 있을 듯했다. 동화책을 만들어본 적이 없었지만, 마음은 벌써 저만치 앞서가고 있었다. 이때 도서관에 있는 책이 큰 도움을 주었다. 먼저 그림 동화책 만드는 법에 대해 알려주는 기본서를 읽었다.[11] 책 내용 중에서 《역사와 관련된 동화책을 만들 경우 이야기로 충분히 두루 쓰이는 줄거리를 만

---

11 『그림책 쓰는 법』, 엘렌 E.M.로버츠, 문학동네, 2002

든 다음, 시대에 맞는 정확한 묘사나 적절한 표현을 하고, 인물을 통해 교육적 내용을 담되 반복해서 읽기 편하고 상상할 수 있게 하라.》는 부분이 눈길을 끌었다. 마지막 책장을 덮고 나니 글을 어떻게 써야 할지 조금은 알 것 같았다. 다음은 정약용 관련 동화책을 읽을 차례였다. 도서관의 도서관리 프로그램 검색창에 '정약용', '다산'이라는 키워드를 넣으니 30권 정도가 검색되었다. 참고할 만한 책을 골라 정약용을 어떻게 소개했는지 살폈다. 차와 관련된 내용은 몇 편의 논문을 참고했다. 마침내 다산과 차를 주제로 쉽고 간결하게 이야기를 재구성할 수 있었다.

그림은 전혀 범접할 수 있는 분야가 아니라서 어떻게 해야 하나 고민이 됐다. 다행히 엘렌 E.M.로버츠 작가의 책에서 "되도록 즐겁고 경쾌하게 쓰려고 애썼으니까, 만화식의 삽화가 어울린다고 생각한다."라는 부분을 읽을 때 전에 함께 일했던 강민정 사서가 떠올랐다. 그녀는 도서관의 각종 안내문을 직접 손으로 그렸는데, 그녀가 그린 병아리 모양의 신착도서 안내문이 여전히 도서관에 남아있었다. 밝은 분위기의 만화식 그림을 즐겨 그렸던 그녀가 이 문구에 맞는다고 생각했다. 오랜만에 연락해 동화책을 만들자고 했다. 나의 제안이 뜬금없었겠지만 늘 그럴듯 조용하게 동의해 주었다. 마침 강민정 사서가 근처 대학도서관에서 일하고 있어서 퇴근 후 카페에서 만났다. 강민정 사서는 단순한 필체로 쓱쓱 그렸는데, 그래도 그림 속 인물은 생동감이 넘쳤다. 특히 눈으로 많은 감정을 표현했다. 동그랗고 큰 눈, 검고 빛나는 눈동자는 이야기에 적절한 울림을 주었다. 동화책 만들기는 6월에 시작해 9월에 끝났다. 완성된 동화책은 10월 18일 세미나 행사 때 80명에게 나누어주었다.

동화책 제작은 행사의 궁극적 목표가 아니라 세미나를 빛내기 위한 보조 도구였다. 게다가 처음 만들어보니 과정이 녹록지 않았다. 결과물도 다소 허술했다. 책이 나오고 나서 오타 등 잘못된 곳을 발견했을 때는, '아하' 하며 주먹으로 이마를 툭툭 쳤다. 그래도 책에 넣을 글쓴이 소개 글을 작성할 때는 예상치 못한 감동이 몰려왔다. 소개 글은 각자 작성했는데, 둘 다 첫머리에 '문헌정보학과를 졸업하고'라는 문구를 적었다. 우리는 "우리나라에서 사서가 쓰고, 사서가 그린 최초의 동화책이 아닐까?"라고 말하며 쿡쿡 웃었다.

낮에 세미나 행사가 진행되었기에 참석할 수 없었던

강민정 사서가 일을 마치고 동화책을 가지러 왔다. 퇴근 후 우리는 아무도 없는 복도에서 『다(茶)사랑, 다산』(이연수 글/강민정 그림, 비매품) 그림책을 들고 기념사진을 찍었다. 하객 없는 우리만의 조촐한 출판기념회였지만 만족스러웠다.

행사 후 『다(茶)사랑, 다산』을 우리 도서관 장서로 등록해 책장에 꽂았다. 책을 정리하다 보면 813.8 서가에서 짙은 복사꽃 색깔의 책 표지를 한 『다사랑, 다산』을 만난다. 누가 보고 있지 않은데도 쑥스럽다. 흐트러져 있지도 않은 책을 다시 한 번 정리하면서 조심스럽게 쓰다듬는다.

일반적으로 책을 소개하고 서평을 쓰는 것까지가 사서의 영역이라고 생각하는 것 같다. 그 영역 밖은 어떤 세상일까? 그림책이 만들어지는 모든 과정을 경험한 것은 매우 특별했다. 유아실에 빼곡히 자리 잡은 동화책을 볼 때는 책이 어떻게 만들어지는지 아니까 새롭게 보였다. 다시 기회가 주어진다면 독자의 이해를 깊게 하는 그림을 그리거나, 그림의 일부를 생략하여 이야기를 상상하도록 함축적으로 만들어야겠다는 생각이 들었다. 그리고 제대로 해봐야겠다는 욕심도 생겼다.

사서의 전문성이 도전 받을 때가 많다. 시간이 갈수록 도전의 강도가 심해지면 심해졌지 덜해지지는 않는 것 같다. 전문성을 보여주고 목소리를 내는 방법은 다양할 것이다. 왜 우리의 전문성을 인정해 주지 않느냐고 항변하는 대신 가진 것으로 표현할 수 있는 방법을 찾아봐도 좋을 것 같다. 도서관에는 책이 있고, 이 모든 것이 책을 쓰고 만들 수 있게 하는 훌륭한 재료다. 남들도 다 할 수 있는 일을 조금 잘한다고 전문성을 인정해 주지는 않는다. 남들이 쉽게 하지 못하는 일을 해낼 때 전문성의 해자는 깊고 넓어질 것이다. 미국의 도서관 사서들처럼 다양한 책을 만들고 출판하는 조금은 특별한 경험을 한다면 사서들의 영향력은 더 커지고 이용자들과 더 많은 것을 나눌 수 있을 것이다.

학생들의
동요 창작

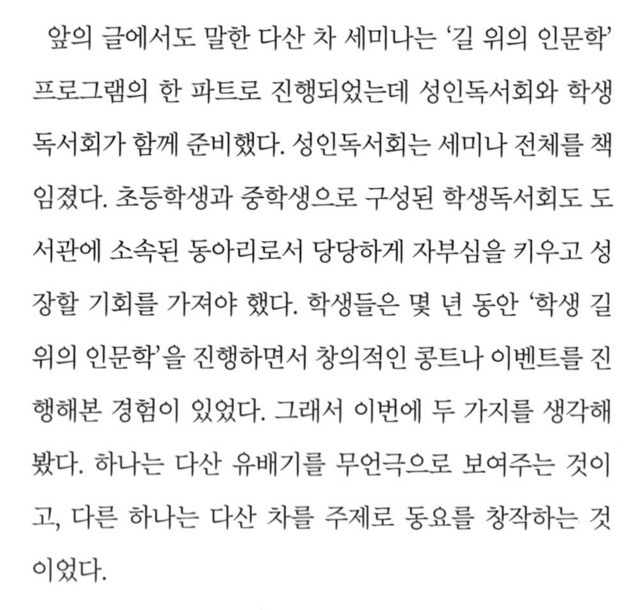

앞의 글에서도 말한 다산 차 세미나는 '길 위의 인문학' 프로그램의 한 파트로 진행되었는데 성인독서회와 학생독서회가 함께 준비했다. 성인독서회는 세미나 전체를 책임졌다. 초등학생과 중학생으로 구성된 학생독서회도 도서관에 소속된 동아리로서 당당하게 자부심을 키우고 성장할 기회를 가져야 했다. 학생들은 몇 년 동안 '학생 길 위의 인문학'을 진행하면서 창의적인 콩트나 이벤트를 진행해본 경험이 있었다. 그래서 이번에 두 가지를 생각해봤다. 하나는 다산 유배기를 무언극으로 보여주는 것이고, 다른 하나는 다산 차를 주제로 동요를 창작하는 것이었다.

사업계획에 관해 얘기를 나눌 때 무언극은 바로 결정되었다. 그러나 다산 차 관련 동요를 만들어보자고 하니 아이들이 어리둥절한 표정을 지었다. 사실 나 자신도 '이건 거의 어렵겠다.' 싶었다. 해본 적이 없거니와 동요창작이 어디 하고 싶다고 되는 건가? 게다가 공부하기도 바쁜 학생들 아닌가? 하지만 몇 달 전 친구 자녀의 결혼식에 갔을 때 받았던 감동이 생각났다. 신부 아버지가 축가를 했는데, 자신의 딸과 사위 될 사람의 이름을 넣어 노래를 만들었다. 신부의 아버지가 직접 작사, 작곡을 했다는 사회자의 설명을 들으며 하객들은 열렬히 손뼉을 쳤다. 나는 그 아버지의 용기에 감동을 받았다. 기억은 잘 나지 않지만 노래 가사와 음이 대단히 쉽고 단순했다. 그 정도 수준으로라도 만들면 얼마나 좋을까 하는 마음에, 혹시 모를 가능성을 포기하고 싶지 않아 이야기를 꺼냈던 것이다. 그런데, 듣고 있던 회원 중 한 명이 "해볼게요! 할 수 있을 것 같아요!!"라고 말하였다. 이지현 회장이었다. 잘못 들었나 싶어 반사적으로 "응? 응?"하며 되물었다. 그때까지 몰랐는데, 중학교 2학년인 이지현 회장은 피아노를 잘 쳤다. "오케이, 굳. 좋아, 한번 해보자Go~~~!"

우리는 여러 번 만나며 가사와 곡을 만들었다. 우선 다산 차에 관한 책을 읽고, 가사를 만들었다. 마침 다산 차 그림 동화책도 만들려고 준비하고 있었기에 도움이 되었다. 아이들과 함께 수정하고 또 수정했다. 작곡은 이지현 회장이 맡았는데 두 마디에 해당하는 기본음을 미리 창작해 왔다. 몇 시간 동안 건반을 띵동띵동 두드리면서 — 스마트폰으로 애플리케이션을 다운받아 피아노로 사용했다 — 이렇게 저렇게 곡을 만들어갔다. 그러다가 갑자기 큰 소리로 말했다. "제목을 뭐로 할지 결정했어요! 티에요, 티. T e a." 번개를 맞은 듯 제목이 정해졌다.

다산 차 세미나 때 성인독서회와 학생독서회 회원 스무 명이 'Tea'를 불렀다. 지금도 도서관 사무실 게시판에 'Tea' 악보가 붙어있다. 일하다가 우연히 게시판에 걸려있는 악보를 보게 되면 시선이 머문다. 작곡 이지현, 개사 '어린이청소년다산독서회'. 순수 창작물이다. 바라보고 있으면 고대 그리스 물리학자 아르키메데스가 알몸으로 목욕탕을 뛰쳐나오며 "유레카"를 외쳤던 것처럼, "티에요, 티."를 외쳤던 이지현 회장의 격양된 목소리가 들리는 것 같다. 이 노래가 대단한 결과를 불러오거나 무슨 상을 타거나 하지는 않았다. 하지만 세상에 없던 노래가 탄생했다. 이지현 회장뿐 아니라 함께 한 학생들 모두에게

이 창작의 경험은 좋은 기억으로 남았을 것이라고 생각한다. 나는 이것을 계기로 요즘 아이들의 역량에 놀랐고, 그들을 향한 존중의 마음이 커졌고, 그들의 미래에 대해 아주 큰 기대를 가지게 되었다.

옹기종기
줌 동화

조계종사회복지재단 시설협의회에서 코로나19 극복을 위한 공모사업을 진행했다. 코로나로 중단되었던 프로그램에 목말라 있던 터라 기다렸다는 듯 계획서를 작성해 제출했다. 지역 어린이집 아이들과 함께 하는 '동화 할아버지 할머니, 정말 반가워요!'라는 프로그램이다. 2021년 10월 1일부터 11월 30일까지 2개월 동안 진행했다. '옹기종기 동화책' 봉사 어르신 여섯 명이 지역 보육시설 어린이들에게 비대면으로 동화책을 읽어주는 것으로, 코로나 장기화에 따른 복지지원 중단을 재개하고, 지역 어린이의 지적·정서적 성장을 지원하는 것이 목적이었다.

'옹기종기 동화책' 봉사 어르신들은 코로나 이전에도 동화책 읽어주기를 진행했다. 오랫동안 유아실에서 아이들과 얼굴을 맞대고 같은 공기를 마시며 동시에 울리는 소리를 공유했다. 같은 공간에서는 활기와 따뜻함이 있었다. 하지만 장기화된 코로나는 비대면 동화책 읽어주기라는 새로운 방법을 제시했다. 옹기종기 어르신들의 연세는 60세 이상이라 비대면에 적응할 수 있을지 의문이었다. 여섯 명의 선생님 모두 비대면을 경험하지 못했다고 했다. 김시복 선생님은 남양주의 한 도서관에서도 활발히 활동했는데, 아직 경험이 없다고 하면서 비대면 활동을 궁금해하셨다. 은퇴 후에 누구보다 열정적으로 봉사했고, 인생의 남은 시간에 아무것도 안 하고 지내는 건 너무 아깝게 느껴진다고 말하시며 모든 분이 환영했다. 세상은 변했고, 나는 이에 적응하는 실버세대의 적응력을 시험해 보고도 싶었다. 할 수 있다는 것을 증명해 보이자는 오기도 생겼다.

지역보육시설 연합회의 소개로 8곳의 어린이집과 연결이 되었다. 코로나 전에는 동화책 읽어주기 시간이 30분이었다. 동화책을 읽어주기 전에 마술을 진행하기도 하고 동화책을 읽어준 후에는 그림 그리기를 하는 등 다양한 사전 사후 활동을 했었다. 비대면으로 하니 책만 읽어 주어야 했다. 시간은 10분 정도로 정했다. 처음에는 노트북으로 했는데 어르신들이 화면이 너무 작아 아이들이 잘 안 보인다고 했다. 마침, 사회교육팀에서 사용하던 큰 TV가 있어서 노트북과 연결하여 프롬프터로 사용했다. 화면이 크니 진행하기가 수월했다. 어린이집은 형편에 따라 대형 TV나 빔 화면을 사용했다. 사정이 안 되는 곳은 그냥 노트북으로 진행했다.

시작하기 전에는 호기로운 마음 한편으로 나도, '옹기종기 동화책' 선생님들도 걱정이 많았다. 할 수는 있을지, 아이들과 의사소통은 어떻게 하는 것인지, 혼자 원맨쇼를 해야 하는 것인지 오리무중이었다. 시행착오를 줄이기 위해 유튜브를 통해 줌 프로그램을 공부하고, 먼저 경험한 동료에게 조언도 구했다. 결론은 우선 부딪혀 보는 수밖에 없다는 것이었다.

마침내 비대면 동화책 읽어주기가 시작되었다. 화면은 문제가 없었다. 소리가 문제였다. 분명 아이들의 입은 "네."라고 대답하는데 우리 쪽에서는 소리가 들리지 않았고, 우리는 들리는데 원장님들로부터 소리가 안 들린다는 연락이 왔다. 익숙하지 않으니 동화책의 방향이 바뀌기도 하고, 화면에 동화책 페이지의 일부만 보이기도 했다. 이쪽에서 "어린이 여러분, 안녕하세요?"라고 말하면 같은 공간에서는 생기지 않는 미세한 시간차가 발생했다. 아이들이 "안녕하세요."라고 대답하는 중에 선생님은 이미 이야기를 시작하니 아이들은 앞의 말을 놓치기도 했다.

하지만 몇 번 해본 선생님들은 곧 비대면에 적응하고 요령을 터득했다. 자신감도 회복했다. 기계 작동에도 익숙해졌다. 다양한 화상회의 플랫폼이 있지만 어떤 툴이든 한 번 접해보거나 사용해 보면 디지털 기기에 대한 두려움은 어느 정도 극복할 수 있는 것 같다. 영상의 속성을 이해한 선생님들은 집중력을 높이기 위해 아예 이야기를 외워 와서 아이들만 보고 진행했다. 과거에 오프라인 동화책 읽어주기를 할 때처럼 이야기 판넬을 만들어 오기도 할 정도로 여유가 생겼다.

궁하면 통한다고 했던가? 코로나로 모든 것이 정지된 듯했지만 디지털 매체를 통해 도서관과 봉사자들, 어린이집은 숨통을 텄다. 오히려 한 번에 몇 곳의 어린이집과 연결해서 동화책을 읽어주는 것이 더 효율적이라는 생각도 들었다. 방송국 종사자들이나 특수 관계자들만 하는 것이라고 여겼던 촬영 기술, 영상 장비에 대한 지식을 접했다. TV 브라운관을 통해 들려오는 아이들의 해맑고 힘찬 소리도 좋았다. 어르신들도 언택트 시대의 디지털 상호작용에 결국 적응했다. 휴대전화 사용을 힘들어하는 어르신도 많은데 봉사자분들에게 비대면 동화책 읽어주기 진행은 이 시대의 젊은이들과 어깨를 나란히 하는 당당한 경험이 되었을 것이라고 생각한다.

다정하게 눈 맞추며 인사하고 따뜻한 손길을 주고받는 도서관 내에서의 동화책 읽어주기가 그리울 때도 있다. 그러나 비대면 동화책 읽어주기의 장점을 살려서 계속 활용해 나간다면 다시 전염병 시대가 온다고 해도 당황하지 않고 또 하나의 일상으로 자리 잡을 수 있을 것이다.

비영리
민간단체 설립

코로나19가 발생하자 도서관은 문을 닫았다. 모든 프로그램도 중지되었다. 상황이 금방 끝날 줄 알았는데 그해를 넘기고 다음 해도 계속되었다. 이전에는 단체와 기관에서 하는 행사가 많고 사람도 넘쳤다. 도처에서 음악회, 전시회, 공연이 진행되었다. 지나고 보니 그때가 '문화융성의 시기'였다고 표현해도 틀리지 않을 것 같았다.

코로나 초기에는 '길 위의 인문학' 후기모임을 통해 만들어진 '수원다산인문학독서회' 회원들과 자주 통화했다. 코로나만 끝나면 곧 만날 수 있지 않겠냐는 희망 섞인 대화는 시간이 가면서 점차 뜸해졌다. 예상 못하고 코로나를 맞이했듯, 사람을 다 잃는 설마의 상황을 맞이하는 것은 아닐까 불안했다.

가만히 손 놓고 있어야 하나? 다른 방법은 없나? 언제 열릴지 모를 미래의 어느 때만 기다리고 있어야 하나? 생각하고 또 생각하던 중 코로나 이전에 막연하게 장기적인 목표로 삼았던 '비영리 민간단체(NPO) 설립'이 떠올랐다. "그래! 비영리 민간단체를 만드는 거야!"라고 말하는 순간 갑자기 모든 문제가 해결되는 듯했다. '수원다산인문학독서회'가 비영리단체로 독립하면 도서관이 열리든 안 열리든 상관없이 만날 수 있을 터였다. 그러나 다음 순간 막연함이 몰려왔다. 어떻게 만드는 거지? 뭘 해야 하지? 몇 날 며칠 인터넷에서 비영리단체 설립이라는 문구를 검색했다. 검색하면서 서울에 비영리단체 지원센터가 있다는 것을 알게 되어 방문했다. 그리고 '수원다산인문학독서회' 1기, 2기 회장님을 만났다. 비영리 민간단체(NPO) 설립에 관해 논의하고 전체적인 윤곽을 잡았다. 마지막으로 모든 회원과 의견을 나눴다. 다시 모이기를 원했던 회원들은 어쨌든 찬성하는 분위기였다.

2021년 12월부터 본격적으로 예비모임을 가졌다. 정관을 만들고, 회원을 확보하고, 무상 임대 사무실을 알아보고, 필요한 서류를 준비했다. 그런데 다음 해 1월로 넘어가면서 회원들이 하나, 둘 떠나기 시작했다. 비영리 민간단체를 만드는 것이 쉬운 줄 아느냐, 그냥 지금의 독서 모임으로 있는 게 좋다, 굳이 비영리 민간단체를 만들 필요가 있느냐고 했다. 비영리 민간단체를 만들기 위해 노력한 여기까지의 과정도 어려움이 없다고 할 수는 없었다. 그래도 힘들어도 되기는 할 것이라고 생각했는데, 설립의 최소 인원도 채워지지 못할 상황이 되었다.

'아 이렇게 꿈은 좌절되는 거구나, 이렇게 실패하는 거구나.'를 마음속으로 되뇌는 상황이었다. 한 회원은 "하던 일이나 하지 뭐, 이런 것을 만든다고 그렇게 괴로워하냐?"고 했다. 위로인지 책망인지 구분되지 않았다. 순간 나도 그 말이 맞다는 생각이 들었다. 하지만 계획했던 것이 있는데 여기서 멈추면 아무것도 아닌 것이 될 터였다. 함께 비영리단체를 만들겠다고 할 때 다가왔던 흥분과 기대가 있지 않았던가? 비전은 또 뭐란 말인가? 수원화성의 설계자 정약용을 다양한 방법으로 알리자는 그림을 그리지 않았던가? 경기권의 다산초당을 만들어 차나무를 심고, 미나리, 채마밭을 가꾸고, 연못가에 철 따라 피고 지는 꽃나무를 심어[12] 창 모양으로 올라오는 작약 싹을 아끼고 사랑했던[13] 다산을 기억하자고 하지 않았던가? 그의 원예의 세계로 아이들을 안내할 미래는 어디로 간 것일까?

니체는 "모든 것의 시작은 위험하다. 그러나 무엇을 막론하고, 시작하지 않으면 아무것도 시작되지 않는다."고 말했다. 정약용도 1795년 금정 찰방으로 있을 때 성호의 종손자인 이삼환에게 편지를 보내 성호의 유저를 간행하자고 하면서 "성호 선생의 유문이 지금에 와 없어지고 전해지게 하지 못함은 후학들의 허물입니다. 시작이 없고서야 언제 이루어지겠습니까?"라고 하며 봉곡사 학술대회 개최를 종용했다. 무슨 일이든 시작은 불투명하고 미래는 베일에 싸여 있다. 한동안 초점 없이 어딘가를 바라보는 시간이 길어지고, 밤잠을 설치고 '이게 될까?' 의심하며 낙담도 여러 번 했지만, 시작이 없고서야 어떻게 끝이 있을까? 그럴 수는 없었다. 여기서 멈출 수는 없다고

---

12 "봄에 다산(茶山)으로 거처를 옮겼다. 다산은 강진현 남쪽의 만덕사 서편에 있는데, 외갓집 사람 윤단의 산정이다. 정약용이 다산으로 거처를 옮긴 뒤 대를 쌓고, 연못을 파고, 꽃나무를 심었다. 동쪽 서쪽에 두 암자를 짓고, 서적 천여 권을 쌓아놓고, 글을 짓고, 스스로 즐거워했다." (<사암선생연보> 중에서)

13 붉은 작약 새움이 크게 성내며 솟아오르니
죽순보다 뾰족하고 경옥처럼 붉도다.
산 늙은이 새싹 다칠까 걱정스러워
아이들 그 곁으로 못 지나가게 막는다네. (다산에 핀 꽃을 읊다, <다산시문집>)

생각했다.

탈퇴 의사를 밝힌 회원들과 다시 얘기를 나누는 우여곡절 끝에 이강순님(1기 '수원다산인문학독서회' 회장, '수원다산클러스터랩' 대표)과 함께 비영리 민간단체 등록에 필요한 서류를 손에 쥐고 소관 기관의 출입문을 밀었다. 접수창구에는 20대로 보이는 젊은 남자가 앉아 있었다. 단체명이 어렵다는 얘기를 들었던 터라 혹시 잘못 적지는 않았을까 염려되어 "단체명이 제대로 기재되었나요?"라고 물었다. "네, '수원다산클러스터랩'이요!"라고 빠르고 분명하게 대답했다. 어렵게 된 밥에 콧물이라도 빠질까 전전긍긍하며 물었는데 담당자의 씩씩한 대답 소리가 참 듣기 좋았다. 멀리 내다보고 젊은 층도 흡수하기 위해 게임 분위기의 단체명을 만든 것이 틀리지 않았다는 생각에 안심했다. 우리는 2022년 4월 12일 지역의 한 카페에서 약 20명이 모인 가운데 '수원다산클러스터랩'의 창립모임을 가졌다.

처음에 비영리단체를 만든다는 것은 참 막연한 생각이었다. 어떻게 만드는지도 몰랐다. 다만 수원화성의 설계자인 정약용을 연구하고 그의 정신을 알리는 모임의 목표와 활동이 멈춰서는 안 된다고 생각했다. 우리의 꿈이 한

날 헛된 바람에 그치는 것이 되지 않을지 두렵기도 했다. 강한 반대가 두려워서 포기하려던 순간도 있었다. 가보지 않은 길을 가고, 해보지 않은 것을 한다는 것은 용기가 필요하다. 때로는 귀찮기도 하다. 하지만 어려운 과정이 과거가 된 것도, 또 하나의 길을 걷게 된 것도 이제는 소중하다. 현재 '수원다산클러스터랩'은 순항 중이다.[14]

14 '수원다산클러스터랩'은 현재 매월 1회 정약용 관련 책을 읽고 토론하며, 연 1회 탐방을 진행한다. 장기적으로 정약용 관련 원예연구와 출판에 초점을 두고 있다.

도서관리시스템 변경

전화벨이 울렸다.

"감사합니다. 반달어린이도서관입니다."

"00역 책나루[15]에 책을 반납하려고 하는데요, 책이 기계에 인식되지 않아요."

"네, 인식되지 않는 것이 맞습니다. 그 옆에 있는 비상 반납함에 넣어주세요. 2~3일 후에 우리 도서관에 도착하면 반납처리 해드릴게요."

"앗, 그러면 연체되는 건가요?"

"네."

---

15 책나루 : 수원시 지하철역에서 운영되는 무인 도서관으로 수원역을 비롯해 6개 역에 설치되어 있다.

"연체되면 안 됩니다. 내일 ○○도서관에서 빌릴 책이 있습니다."

"……"

"여보세요? 여보세요?"

"이용자분 말만 듣고 도착하지도 않은 책을 반납처리 할 수는 없어요…."

문의라고도 할 수 있고, 민원이라고도 할 수 있다.

"우리 도서관은 RFID 도서관리시스템[16]을 사용하지 않습니다. 다음부터 책나루에 반납하시려거든 반납 예정일 2~3일 전에 비상 반납함에 넣어주세요."

"아니, 그걸 말이라고 합니까? 저는 아무튼 책 반납했으니까 연체되지 않게 해주세요!"

"죄송합니다. 그렇게는 안 됩니다."

"아니 이 사람이!"

"……"

수화기를 내려놓으며 마음을 진정시켰다. 이런 전화를

16 RFID(Radio Frequency IDentification)는 사물에 고유코드가 기록된 전자태그를 부착하고 무선신호를 이용하여 해당 사물의 정보를 인식·식별하는 기술로서 '무선식별', '전자태그', '스마트태그', '전자라벨' 등으로 불리기도 한다. 바코드보다 많은 정보를 담을 수 있고 대출·반납을 순차적으로 처리하지 않고 병렬로 처리한다. 수원시 24개 도서관 중 20개 도서관은 RFID 도서관리시스템이 도입되어 책나루에서 연계 대출·반납이 가능하다.

몇 년째 받고 있다. 거주하는 곳 가까운 도서관에서 다른 도서관의 책을 받아보는 상호대차 서비스는 시민들의 좋은 호응을 얻고 있다. 상호대차 서비스는 도서구입 예산이나 공간의 제한 등으로 한 도서관에서 다 마련하지 못하는 장서를 서로 공유할 수 있게 한다. 한 단계 나아가 시민이 도서관 운영시간이 아닌 때에도 책을 이용하고, 꼭 도서관 건물이 아니어도 자주 가는 곳에서 책을 받고 돌려줄 수 있도록 시스템을 구축하고 있다. 수원시에는 24개 도서관이 있고, 그중 우리 도서관을 포함한 4개 위탁공공도서관[17]은 책을 인식하는 방식이 바코드 방식이다. 이 방식으로 처리된 도서는 RFID 도서관리시스템으로 인식되는 책나루 도서관에서는 반납처리가 되지 않는다. 상호대차를 이용하는 시민은 모든 도서관이 동일한 방식으로 운영될 것이라고 생각하고 빌린 도서를 책나루에 반납하려 하지만 기계에 인식이 안 돼 결국 옆에 있는 비상 반납함에 책을 넣게 된다. 책이 해당 도서관에 도착하기까지 평균 2일에서 3일 걸리는데 책을 넣은 날이 반납 예정일인 경우 이용자는 다음날부터 대출이 중지된다.

---

17 반달어린이도서관, 사랑샘도서관, 한아름도서관, 희망샘도서관

때로 개선해야 할 사안이 있어 소속 기관에 요청한다. 돌아오는 답은 '도서관사업소에 말해보라.'이다. 도서관사업소에 연락하면 그건 도서관을 운영하는 기관에서 알아서 할 일이라고 한다. 서로 던지는 공만 쳐다보는 상황이 익숙할 만도 한데, 왕왕 걸려오는 전화는 마음을 요동치게 만든다.

필요성과 절박함은 열정을 불러일으키기도 한다. 재작년 말 희망샘도서관 신 사서와 통화했다. 같은 처지다 보니 도서관리시스템 변경을 위해 뭐라도 하자고 생각을 모으는 데는 긴 시간이 필요하지 않았다. 2023년 2월 15일 희망샘도서관에서 네 개 도서관 담당자가 모였다. 바코드시스템을 RFID 도서관리시스템으로 바꾸어 시민의 불편을 해결하자는 것이 모임의 취지였다. 도서관을 운영하는 주체는 다르지만, 도서관을 이용하는 시민은 같은 시민이다. 단지 반달어린이도서관 근처에 산다는 이유만으로 도서관을 이용하는 데 어려움을 겪고 있는 것을 볼 때 미안하고 한편으로 속상하다. 랑가나단의 도서관 5원칙에 '독자의 시간을 아껴라.'가 있다. 도서관 이용자가 정보에 접근하는 데 최소한의 시간을 들이도록 도우려는 노력이 비단 도서관 내에서 책을 찾을 때만 해당하지는 않을 것이다. 그러잖아도 전자기기의 발달로 정보 접근 소스가 다변화된 상황에서 책을 이용하는 독자가 책을 편리하게 빌리고 돌려주기 원하는데 그 바람을 헤아리지 못하고 사후약방문식의 주의사항만 알려줘야 하니 안타까웠다. 이것을 해결하기 위해 우리가 할 수 있는 모든 것을 하기로 했다. 그 주된 방법은 '2023년 수원시 주민참여예산 제안'이었다. 제안 마감일은 멀지 않은 5월 30일이었다. '만약 올해 안 되면 내년에 다시 시도하고, 될 때까지 하자.'고 했다.

우리는 △ 4개 도서관 연합회 및 시민연대 발족 △ 매월 1회 정기모임 실시 △ 관계자 면담(수원시도서관사업소 소장, 시의원, 주민참여예산 위원장 등) △ 회의 내용 기록·공유 △ 관계기관에 의견 제안 △ 관련 SNS 개설 △ 설문 조사와 시민 서명을 진행하기로 했다.

하지만 모든 것이 불투명했다. 특히 수원시 예산이 넉넉지 않아 주민참여 예산이 대폭 줄어서 거의 불가능에 가깝다는 우려의 소리가 들렸다. 대부분의 직위자, 참여시민, RFID 도서관리시스템 사업자, 심지어 연대하자고 모인 4개 도서관 담당자까지 성공 여부에 확신을 갖지 못했다. 관장님도 거의 될 수 없을 거라고 하시면서, 그래도 해보라고 했다. 나는 해보라는 말에 집중했다. 문득 지난해 노동부에 진정서를 냈던 기억이 떠올랐다. 가까운 사람들의 만류에도 불구하고 진정서를 제출했다. 땅바닥에 붙어있던 실낱같은 힘까지 박박 끌어 모으며 힘겹게 보냈던 시간이 지나고 배운 것이 있었다. 용기였다. 두렵고 외롭고 힘들어도 내가 옳다고 생각하는 것을 위해 행동할 때 어느덧 자리 잡은 내면의 단단함이었다. 이번에도 실패하면 나는 실패한 인생이 되겠지만, 그래도 해야 한다고 생각했다. 먼저 도서관사업소 정책팀장 간담회를 진행했고, 시의원과 수원시 주민참여예산 위원장도 면담했다. 수원시 주민참여예산 위원장과 만났을 때 경기도 주민참여예산이 있다는 것을 알게 되어 이곳에도 제안하기로 했다.

우리는 진작에 됐어야 할 일, 누군가는 해야 할 일을 위해 내 몫의 실천이 있어야 한다는 것을 모르지 않았다.[18]

---

18 "마땅함을 좇는 우리 실천도 작아 보이지만, 이런 작은 실천이 모여 놀라운 변화를 가져올지 모릅니다. 당사자와 지역사회가 달라지고, 제도의 변화까지 이룰지도 모릅니다. 하지만 이런 변화의 전제는 '하나의 움직임'입니다. 그냥 주어지는 게 아닙니다. 내 몫이 있다는 겁니다." (『복지관 지역복지 공부노트』, 김세진, 구슬꿰는 실, 2020)

네 개 도서관은 일을 분담했다. 각 도서관 홈페이지를 통해 온라인 설문 조사를 진행하고, 오프라인 설문 조사와 시민 서명을 받았다. 블로그를 만들고 온라인으로 관계기관에 의견을 제안했다. 함께한 시민들은 '지역주민 카페에 글 게재'와 같은 아이디어를 제공했다. 네이버 영통주민연합 카페에서는 시민 설문 조사에 관한 내용을 공지로 설정해 1주일간 메인화면에 올려 주었다. 네 개 도서관 시민 연합회가 만들어지지는 않았지만, 시민 모임이 만들어진 도서관도 있었다. 5월 초에 수원시 주민참여예산, 경기도 주민참여예산에 제안서를 제출했다.

얼마간의 시간이 흐른 뒤 희망샘도서관의 신 사서에게서 연락이 왔다. 시에 뭔가 움직임이 있는 것 같다고 했다. 또 며칠 후 한아름도서관에서 전화가 왔다. 한아름도서관이 소속된 기관에서 RFID 도서관리시스템 변경을 위한 추진계획서를 작성하라고 하는데 그동안 진행했던 자료가 필요하다고 했다. 어리둥절했지만 기꺼이 모든 자료를 전달했다. 도서관 운영 프로그램이 연동되어 있어 한 도서관이 RFID 도서관리시스템으로 변경하면 다른 곳도 변경하게 될 가능성이 커진다. 한아름도서관에 RFID 도서관리시스템이 도입된다면[19] 다른 도서관도 조금은 더 희망을 가질 수 있다. 어떤 요인이 결정적 영향을 주었는지 모르지만, 우리 위탁공공도서관 담당자들은 큰 위로를 받았다. 정기모임에 참여하려고 나갈 때 비워질 대출대를 걱정해야 했고, 기존 업무에 더해진 일을 하기 위해 시간을 내야 했다. 하지만 서비스를 해야 할 지역사회의 요구에 귀 기울여야 할 책임에 관해서도 모르지 않았다. 문제해결을 위해 힘을 모으고 서로를 격려했던 시간이 떠올랐다. 자신의 일에 신념을 갖고, 다른 이들과 아이디어를 공유하며 기꺼이 시간을 투자하는 이들이 있다면 분명히 다른 사람의 삶에 영향을 미치게 될 것이다.

정보는 힘이다. 도서관은 책을 통해 지역주민에게 힘을 주고, 모두가 도서관 기술을 이용하여 정보를 얻게 하는 데 부족함이 없어야 한다. 아직도 한아름도서관 외 세 개 도서관은 RFID 도서관리시스템이 도입되지 않았지만, 우리가 했던 연대와 협력이 수원시민의 편안한 도서관 이용 환경 마련에 긍정적인 영향을 주기를 바란다.

---

19 한아름도서관은 2023년 10월에 RFID 도서관리시스템이 도입되었다.

제 4 장

도서관 프로그램은 성장이다

20년 전 도서관 프로그램을 시작했을 때 프로그램 운영은 도서관 담당자로서, 사서로서 당연히 해야 할 일이었다. 매년 말 직원 성과를 발표할 때 복지관 내 다양한 직군 직원들과의 경쟁 심리도 한몫했다.[20] 행사를 성공적으로 진행해서 1인 사서로서의 역량을 검증받아야만 했다. 프로그램이 생명인 복지관에서 각 담당자가 기획한 행사의 참여자 수는 기관의 실적으로 이어졌다. 숫자적 성취는 큰 만족을 주었다. 높은 실적을 보고 기관장이 하는 칭찬과 격려는 자부심을 크게 향상시켰다.

---

20 내가 일하는 도서관은 복지관 안에 있다. 프로그램의 생성과 소멸을 숙명으로 하는 복지관은 지역사회를 기반으로 복지서비스를 제공하기 위해 무형의 프로그램들이 실핏줄처럼 퍼져 있다. 몸이 모세혈관을 통해 온몸에 산소를 공급하도록 돕듯 복지관은 지역주민이 적절한 복지혜택을 누리도록 프로그램에 온갖 정성을 들인다. 책을 생명으로 하는 도서관은 책 속에서 반짝이는 보물을 꺼내고, 복지관은 찾아낸 보물에 힘찬 날개를 달아준다. 도서관과 복지관이 한 지붕 두 가족의 동거같이 불편하다는 생각이 든 적도 있었지만, 책으로 프로그램을 구현하며 오래 같이 지내다 보니 어느새 잘 어울리는 운명 공동체로 함께 비상하고 있다.

브레이크 없는 페달을 밟듯 한 해 한 해를 정신없이 보내던 중 독서회 참여자들의 충만한 분위기와는 다소 거리가 있는 나의 기분을 발견했다. 거리감의 실체를 알아내려고 여러 날 밤을 뒤척였다. 생각 끝에 낸 결론은 '프로그램 운영에만 열심이었지 마음은 텅 비어 있다.'는 것이었다. 빈 수레처럼 겉만 요란한 내면을 발견하고 화들짝 놀랐다.

너무 늦지 않았을까? 의구심이 들었지만 다른 선택의 여지도 없었기에 독서 만학도의 길로 들어섰다. 처음에는 독서의 양을 늘리는 데 중점을 두었으나 이것으로는 이미 독서를 한 사람의 속도를 따라갈 수 없을 것 같았다. 직업적인 독서나 글쓰기 프로그램에 참여하는 것 외에 개인적으로 글쓰기 수업에 참여했다. 책을 읽고 밑줄 친 부분을 옮겨 적었고 완성된 것은 비공개 온라인 카페에 저장했다. 틈나는 대로 읽고, 틈틈이 필사했다. 책 자체가 좋아서가 아니라 프로그램 진행을 잘하기 위해 독서에 접근했지만, 다행히 독서 자체에 흥미를 느끼게 되었다.

나와 달리 이미 순수하게 독서의 즐거움을 깨달았던 봉사자와 동아리 회원들은 도서관 활동을 발판으로 삼아 새로운 길을 개척하기도 했다. '새싹회동화책읽어주기' 활동가들은 책을 읽어주는 동적 활동 때문인지 성장의 폭이 컸다. 당장 매주 아이들 앞에 서야 하니 책 선정 및 자료 준비, 읽어주기 기술까지 개인의 노력은 말할 것도 없고, 다른 회원과의 협력도 필수였다. 당일 담당자가 동화책을 읽어주는 것을 보고 배우고, 다음 차례에 필요한 자료 준비를 위해서 조언을 주고받아야 했다. 부족함을 채우기 위해 별도의 노력도 마다하지 않는 것 같았다. 이분들 대부분이 후에 전문 직업인으로 나갔다.

함께 활동했던 '어린이청소년독서회' 회원들은 지금도 학업 중이라서 성장의 구체적인 모습을 알 수는 없다. 여름방학 특별 프로그램이나 '어린이 길 위의 인문학'에서 주체적으로 프로그램을 준비하면서 새로 온 아이들을 보듬고, 동요를 창작했던 경험은 그들의 성장에 틀림없이 많은 영향을 미쳤을 것이다. '길 위의 인문학' 후속모임인 '수원다산인문학독서회'는 비영리단체로 독립했다. 비영리단체를 만들기까지 우여곡절이 없지 않았지만, 오랫동안 작은 것이라도 새로운 것에 도전해서 성공해 왔던 경험 덕분에 도서관 모임으로는 이룰 수 없었던 정약용 관련 그림책 출판과 정약용이 수원화성에 남긴 발자취를 구체적으로 살펴보는 프로그램을 기획하고 있다.

얼마 전 5년간 브라질 상파울루에 있다가 돌아온 8기 '어머니독서회' 회장님을 만났다. 지나고 보니 독서회에 참여한 2년이 인생에서 가장 행복한 시기였다고 말했다.

자신은 종교는 없지만 '일주일에 한 번 하는 독서토론이 흡사 종교가 아니었을까?'라는 생각이 든다고 하면서 "일주일 동안 고조된 감정이 독서회를 하고 나면 가라앉았어요. 모임이 끝나면 쌓였던 감정이 풀어지면서 육아 스트레스가 해소되었어요. 독서회를 하는 화요일이 삶의 중심이었던 것 같아요."라고 했다. 삶의 중심! 도서관 프로그램이 그녀의 흔들리는 삶을 붙잡아주고 생활의 중심을 잡아 주는 역할을 했던 모양이다.

윤명희 전 파주 중앙도서관장은 "도서관이 시민과 함께 한다는 것은 도서관의 활동을 통해 시민들의 의식이 성장하고 역량이 강화되는 방향으로 가야 합니다. 도서관은 시민의 성장을 지원하고 시민은 도서관의 사회적 역할과 가능성에 대해 깊게 이해하고 응원하는 파트너가 되어야 합니다."[21]라고 말한다.

가슴에 와 닿는 말이다. 도서관은 프로그램을 통해 지역주민의 성장을 지원하고 지역주민은 도서관이 도서관다워지도록 지지한다. 그래서 마침내 사서와 프로그램을 함께 진행한 지역주민, 프로그램을 보러 온 사람까지 모두가 상호작용하면서 성장하게 된다.

---

21 『관장의 이메일』, 윤명희, 경기도사이버도서관, 2022

4장에서는 도서관 프로그램에 참여하여 '성장'한 다섯 분의 이야기를 담았다. 이분들의 성장 스토리는 지역사회 속에서 지역주민에게 미치는 도서관의 긍정적인 역할에 대해 공감하는 기회를 제공하리라 생각한다.

한글 동화책 읽어주기에서 공감NAMU 대표로

김윤경

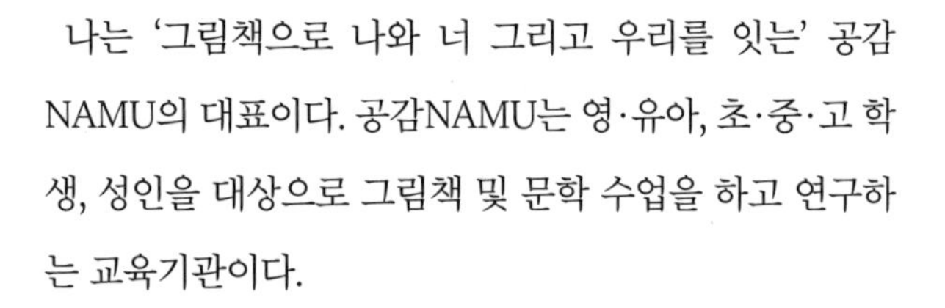

나는 '그림책으로 나와 너 그리고 우리를 잇는' 공감NAMU의 대표이다. 공감NAMU는 영·유아, 초·중·고 학생, 성인을 대상으로 그림책 및 문학 수업을 하고 연구하는 교육기관이다.

아이가 네 살 때 수원으로 이사 오고 제일 먼저 한 일은 집 근처 도서관을 찾아보는 것이었다. 가까운 곳에 복지관이 있었고, 그곳에 어린이도서관이 있어서 다니기 시작했다. 어느 날 홍보 글이 내 눈길을 끌었다. 매주 정해진 시간에 아이들에게 그림책을 읽어준다는 것이다. 아이가 어려서 그 프로그램에 참여시키고 싶기도 했지만, 그보다 봉사를 해보고 싶었다.

그 당시 동화구연 자격증이 있었고, 그림책 놀이 과정을 수강하면서 공부하고 있었는데 여기서 수업하며 봉사를 하면 좋겠다고 생각했다. 예나 지금이나 하고 싶은 것이 있으면 일단 직진하는 성격이어서 사서 선생님께 사정 이야기를 하고 연락처를 드리고 왔다. 다행히 사서 선생님은 그 모임을 이끄는 '새싹회'에 들어와서 활동하면 된다고 했다. 그렇게 해서 반달어린이도서관과의 인연이 시작되었다. 현재 공감NAMU 대표가 되기까지 그날 '새싹회'의 문을 두드린 용기가 내 꿈에 한 알의 씨앗이 될 줄은 꿈에도 몰랐다.

처음 들어갔을 때 '새싹회'는 단순히 그림책 읽어주는 모임이라고만 알았다. 물론 그렇기도 했다. 참여자가 영·유아들이었기 때문에 나는 그동안 배웠던 책놀이를 접목하여 아이들과 즐겁고 의미 있는 시간을 보냈다. 여름에는 수박 그림책을 읽고 수박을 아이스크림 바처럼 꽂아서 먹기도 했다. 어떤 날에는 전래 그림책을 읽고 도서관 앞 공원에 나가 달팽이를 흙바닥에 그리고 잡기 놀이를 했다. 어떤 때는 도서관 행사의 하나로 '위대한 건축가 거미'

를 주제로 거미줄을 만들어 곤충 잡기 신체 놀이도 했었다. 그러다 '새싹회' 회원들이 늘어나고 봉사자들 수만큼 프로그램들도 점점 다양해져갔다. 그중에서도 가장 기억에 남는 활동 하나를 꼽는다면 단연 그림자극 공연이다. 가장 힘들었던 작업이 가장 기억에 남는 걸까?

거의 일 년이라는 긴 시간 동안 진행된 이 프로그램은 직접 시나리오를 각색하고, 구연을 연습하고, 움직이는 인형을 만들었다. 인형의 동선을 맞추고, 무대를 직접 꾸미는 등 지금 생각해 보면 '그 힘든 걸 어떻게 했나?' 싶을 정도로 준비 기간이 굉장히 긴 행사였다. 공연을 하기 일주일 전쯤부터 밤늦게까지 추운 강당에서 매일 리허설을 했다. '과연 우리가 해낼 수 있을까?'라는 물음에 긴장감과 함께 흥분감, 피로감이 한꺼번에 몰려와서 도망치고 싶기도 했다. 다행히 공연은 성공적이었다. 심지어 앵콜 공연까지 잡혀서 그동안의 우리 노력이 빛을 발하며 아주 오랫동안 반짝였다. 정말 큰 행사였고 준비 기간도 길었기에 그 이후로는 어떤 프로그램을 진행해도 수월했다. 힘든 만큼 성장했지만, 이때 사서 선생님과 우리들은 오랜 기간 강도 높은 일로 번아웃을 겪어야만 했다.

3~4년간 '새싹회' 봉사활동을 하면서 우리는 많은 행사를 기획하고 진행했다. 그러면서 '새싹회' 멤버들은 각자의 일터에서 서서히 자리잡기 시작했다. 그 당시 나는 책놀이 강사로 왕성히 활동하던 시기였다. 봉사하며 아이들과 함께한 시간들이 자신감을 주었다. 언제 어디서나 영감을 받으며 '이런 놀이로 수업하면 재미있을 것 같다.'는 생각을 했다. 점점 더 많은 수업 의뢰가 들어오고, 아이들이 "선생님, 또 읽어주세요! 내일도 오세요~"라고 말할 때 아이들의 조그만 입술은 재잘재잘 노래 부르는 것 같았다. 당시 '동화드림'이라는 이름으로 몇몇 유치원에 가서 그림책을 읽어주고, 노래와 율동도 같이 하고, 융판에 인형들을 붙이며 이야기도 들려주었다. 아이들이 까르르 웃고 재미있어하는 모습을 보며 '나는 이런 일을 해야 하는 사람이구나! 앞으로 계속 나아가야 겠다.'고 생각했다. 내가 좋아서 시작했던 일이 만나는 아이들을 즐겁게 해주고 나도 즐기면서 보람을 느꼈다. 아이들과 함께 하는 시간이 쌓이면서 전문 강사로 성장하게 되었다.

10여 년 전 어느 봄날, 무작정 아이가 다니던 초등학교로 교감 선생님을 찾아가 아이들에게 그림책 읽어주는 봉사팀을 만들고 싶다고 말씀드렸다. 그렇게 해서 나는 그림책 놀이 강사로서 '책 읽어주는 엄마' 봉사팀을 만들어 그림책 읽는 방법을 교육했다. 일주일에 한 번은 저학년 교실에 들어가 수업 전 자율학습 시간에 책을 읽어주었다. '책 읽어주는 엄마' 중 몇몇은 아이가 학교에 다니는 6년 내내 책 읽어주는 봉사를 했고, 지금은 공감NAMU에서 같이 일하는 연구원이 되었다. 그림책으로 수많은 아이와 성인을 만나며 이제는 수업 잘한다고 칭찬받는 어엿한 공감NAMU의 연구원들이 된 것이다. 그동안 잘한 일을 꼽으라면 사람을 키워서 함께 성장한 일이다. 혼자서는 빨리 가지만, 함께라면 멀리 갈 수 있다.

'새싹회'에 소속되어 다양한 수업과 행사를 하나씩 해 나가면서 우리는 자신도 모르게 여러 방면에서 성장해 나가고 있었다. 아이디어를 내고 구체화시키며 눈앞에 보이는 프로그램으로 만들어 내는 것, 서로 다른 사람들이 모여 일을 할 때 이견을 조율하는 것, 어떤 어려움이 있어도 중단하지 않고 마무리해 나가는 것을 배웠다. 그리고 리더가 어떤 역할을 해야 하는지도. 열정적인 사서 선생님 덕분에 우리는 때로는 우리 능력치에 버거운 일도 해야 했다. 그럼에도 결국 다 해냈다. 항상 여러 도전을 던져주고, 비전을 보게 하고, 할 수 있다고 응원해준 사서 선생님

덕분에 하드 트레이닝을 받았다고나 할까. 지금은 문학활동연구소 대표로서 내가 그 역할을 하고 있다. 구성원들이 달라서 좋은 점들을 격려하고, 할 수 있다는 의지와 용기를 북돋아 준다. 십 년 전 사서 선생님이 우리를 믿어주었던 것처럼, 우리가 열정적으로 아이들을 만났던 것처럼 말이다. 오늘도 우리는 그림책으로 마음을 나누러 간다.

'어머니독서회'에서 커피공방 'by 정은' 대표로

김정은

나는 현재 커피공방 'by 정은(바이정은)' 대표다. 커피 만드는 일을 한다. 커피의 추출부터 커피와 다른 재료를 스타일링하는 작업, 그리고 가장 중요한 향과 맛을 만들어내는 로스팅까지. 특히 로스팅 작업은 까다롭다. 콩 한 알에서 800가지 이상의 향기 물질이 만들어진다. 10여 분이라는 짧은 시간 안에 생두(그린빈), 온도, 시간 등 다양한 변수를 예측하여 콩이 필요로 하는 열을 적절히 조절한다. 기호식품인 커피는 정답의 세계가 아니기 때문에 로스터의 취향과 기준이 뚜렷해야 하고 무엇보다 다른 이의 공감을 받아야 한다. 표현의 자유로움과 맛과 향에 대한 책임을 져야 하는 소명의식이 생긴다.

'카페에 관한 모든 것' 클래스를 운영 중이다. 바리스타 트레이너로 일한 경력으로 커피 클래스를 운영하게 되었지만, '어머니독서회' 활동을 하면서 다른 사람에게 내가 가진 것을 나누고 알려 주는 것을 좋아하는 재능을 발견하고 자신감을 얻은 것이 근본적인 계기가 되었다. 월요일에서 목요일까지 커피 클래스가 열린다. 커피라는 상품 판매가 아닌 보이지 않는 가치를 전하는 일이다 보니 커피보다 사람의 마음에 신경을 써야 한다. 먼저 커피의 길을 걸어가는 사람으로서 책임감이 동반된다. 홈카페마스터, 커피지도사, 로스트마스터, 디저트클래스까지 꽉 찬 스케줄 후 금토 카페가 시작된다. 수업이 아닌 커피를 드시고 싶으신 분들을 위해 금요일, 토요일에만 문을 여는 카페를 기획했다. 금토 카페는 '바이정은' 커피클래스의 쇼룸과 같은 시공간이다.

첫 번째 직업인 항공사 객실 승무원 시절, 해외여행을 다니며 그 나라의 문화가 담긴 카페를 경험했다. 경험은 지금의 감각으로 이어졌고, 커피 전문학원에서 바리스타 트레이너로서의 전문 경험을 쌓아 코로나가 시작될 무렵 커피 공간을 마련했다. 좋아하는 일을 찾았기 때문에 즐기며 버틸 수 있었다. 공간의 컨셉은 '나다움'이다. 공간에 들어서면 커피 머신, 의자, 테이블, 조명 등 다른 느낌들이 조화롭게 제 위치에 놓여 있다. 물론 자유로움 속에 규칙은 있다. 간판도 없는 곳임에도 '바이정은'다운 취향의 이끌림으로 아무것도 없었던 공간에 사람의 에너지가 채워지기 시작했다.

10년 전 결혼·육아 경력 단절 마흔 앓이가 시작될 즈음 '나'를 찾고 싶어 무작정 책을 읽기 시작했다. 책을 매개로 한 소통의 공간을 찾아 반달어린이도서관 '어머니독서회'에 가입했다. 책, 공간, 사람 이야기 그리고 기록 ― 그 속에서 의미를 찾았고 나를 표현할 수 있어 자유로웠다. 10년 뒤 나의 모습을 상상하며 희망을 간직했다. 독서회 회장이라는 행운의 역할을 맡아서 자유로움 뒤에 따르는 '책임감'에 대해 알게 되었다.

10여 년 동안 이어져 온 독서회 프로그램은 단단한 '틀'을 갖추고 있었다. 도서관에는 수많은 책만큼이나 사서 선생님의 존재감이 드러났다. 사서 선생님의 실천적 리더십 덕분에 2015년에는 독서회 2년을 정리하는 문집 <반달의 꿈>을 발간할 수 있었다. 처음으로 여럿이 함께 해본 멋진 작업이었다. 문집의 표지를 그린 경험도 특별했다. 아름다운 마무리였다.

나는 지금 브랜딩을 하고 있다. 오프라인 공간에서는 사람과 사람 사이를 잇는 연결고리인 커피를 통해 경험을 나누고, 온라인 공간(@jeongeunby)에서는 두 번째 직업의 이야기를 기록하고 공유한다. 나다울 수 있어 자유롭다. 그리고 일에 대한 소명의식이 생긴다. 찬찬히 돌이켜보면 자연스럽게 브랜드에 대한 깊은 갈망을 가지게 된 것은 반달어린이도서관 '어머니독서회' 프로그램에서 활동하면서부터였다. 그때처럼 여전히 보고 깨닫고 적용하며 성장 중이다.

독서회에서 한우리 독서논술 창업가로

김미선

나는 현재 경기도 화성 동탄에서 백여 명 아이의 독서 교육을 책임지는 한우리 독서토론논술 OO홈클럽을 운영하고 있다.

6년 전 한 가정의 엄마와 아내로서, 한 직장의 직원으로서 바쁘고 치열한 삶을 살고 있을 때였다. 40년을 살면서 누구에게도 폐 끼치지 않고 맡은 일을 성실하게 완수하는 것으로 나쁘지 않은 인생을 살고 있다고 자부했었다. 착한 아들과 자상한 남편, 그리고 나를 인정해 주는 직장이 있었기에 나도 모르게 현실에 안주하며 지냈던 것 같다. 그렇게 나는 발전 없는 고인 물이 되어갔다. 매일

에너지를 쏟고 보람찬 하루를 보낸 것 같은데도 이상하게 밑 빠진 독에 물 붓기처럼 내 속은 허전했다. 분명 나는 직장에서 인정받고 칭찬도 받고 있는데 참 기묘한 기분이 나를 감쌌다. 알맹이 없는 뿌듯함이라고 해야 할까? 지금 하는 이 일이 나에게 맞는 걸까? 나는 무엇을 위해 그렇게 열심히 일을 하는 거지? 나는 어떤 사람이지? 몇 년 후에 나는 어떤 모습일까? 지금과 같은 모습일까? 꼬리에 꼬리를 무는 질문들이 내 머릿속을 점령했다.

그렇게 일에 대한 회의감이 강하게 들 무렵 나를 더 깊게 알고 싶다는 생각이 들었다. 그러다 우연히 지역 카페에서 독서모임 회원을 선착순으로 충원한다는 게시글을 보게 되었다. 그다지 취미 생활을 할 시간적 여유가 없었지만, 자석에 이끌린 듯 회원 가입을 서둘렀다. 그렇게 나는 반달어린이도서관 10기 독서회 '반달과 책' 회원이 되었다.

나에게 엄청나게 중요한 갈림길에서 가입한 독서 모임이 무려 10기였다. 이렇게 뼈대 있는 독서 모임이라니! 게다가 반짝이는 눈을 가진 어른들의 책 모임은 워커홀릭이었던 나에게 신선한 충격이었다. 그 아우라에 눌려 꿔다 놓은 보릿자루처럼 쭈뼛쭈뼛 앉아 있다가 귀동냥을 하던 중에 어느새 도서 선정을 해야 할 순번이 되었다. 선정 도서에 대한 회원들의 감상을 접할 때는 왠지 내 안목을 평가받는 기분이 들어서 나도 모르게 긴장했다. 『최상위권 1%의 비밀 추론력』이라는 책을 선정했을 때는 '너무나 자극적인 제목 때문에 숨이 막혔다.', '우리 아이가 꼭 최상위권 1%에 들어야 하나?' 등등 제목에 대한 감상이 뒤따랐다. 또 『3분 고전』이라는 책에 대해서는 책 자체가 흥미롭지 않다는 회원도 있었다. 그럼에도 기꺼이 발제자의 책 선정 이유를 존중하고 경청해 주는 사려 깊음에 감동하였다. 의미 없는 무조건적인 공감보다는 자신의 견해를 솔직하게 밝히고 의미 있는 부분을 짚어내는 것이 상대방에 대한 관심이 아닐까 싶다. 하지만 그때는 내 책 선정이 잘못되었나 싶어 얼굴이 빨개졌다. 생각해보면 비판을 제대로 수용할 줄 몰랐던 태도에서 비롯된 해프닝이었다. 회원들은 늘 하던 대로 각각의 근거를 대어 솔직담백하게 자신의 견해를 밝혔을 것이다. 그리고 거기서 그치지 않고 더 나은 대안을 제시하는 창의적인 면모까지 보여주었다.

『사금파리 한 조각』을 읽을 때였다. 한 분이 "어른에게도 영감을 불러일으키는 훌륭한 책이지만 아쉬운 점이 있다. 이윤기 님께서 『그리스인 조르바』를 한국적으로 재탄생시켜서 많은 사랑을 받았듯이 『사금파리 한 조각』도 좀 더 한국의 정서를 담아 개정되었으면 좋겠다."고 말했다. 그리고 직접 몇몇 인물의 대화를 한국적인 표현으로 재해석하여 우리에게 공유해 주었다. 나는 그것이 건강한 독서 토론의 출발점이라는 것을 깨달았다. 견해의 차이를 존중하고 더 나아가 객관적인 근거로 내 의견을 우아하게 주장할 수 있는 것은 아주 강한 내면의 힘이다. 그 내면의 힘은 깊이 있는 독서에서 흘러나오는 것임을 알게 되었다. 나에게 없는 것이었다. 나의 한계였으며 내가 고인 물이 될 수밖에 없는 이유임을 깨달았다.

'반달과 책' 10기 독서회 활동을 시작하고부터 읽는 책이 한 권씩 늘기 시작했다. 한 달에 많아야 두 권, 적으면 한 권 정도 읽는 것이니 아주 많은 양의 독서를 한다고 볼 수는 없을 것이다. 그런데 편협했던 내 생각의 틀이 뭔가 조금씩 달라지기 시작했다. 책 속의 인물들과 마주할수록, 회원들의 다양한 견해를 접할수록 다양한 관점으로 사람과 사물을 보기 시작했다. 놓친 본질이 무엇인지 찾으려고 노력했다. 그동안 옳다고 믿었던 신념들이 사실은 그렇지 않을 수 있다는 것을 받아들이려고 했다. 다름을 존중하고, 함부로 옳고 그름의 잣대를 들이대지 않으려고 노력했다. 자신감과 자만심은 한 끗 차이라는 것을 알게 되었다.

가장 중요한 점은 그동안 살면서 내가 얼마나 부족한 사람인지 알게 되었다는 것이다. 산업 현장으로 따지자면 나는 일하는 기계였다. 최대의 효율을 뽑아내는 기계. 분명 어릴 때부터 노는 것만큼 책을 좋아했고, 결혼 후 아이도 독서 교육으로 키웠는데 어느 순간 일하는 기계가 되어 내 인생의 독서가 멈춘 것이다. 하지만 독서에 진심인 '반달과 책' 10기 독서회를 통해 나라는 사람이 어떤 사람인지 알게 되었고, 겸허히 비판을 수용하는 자세를 배울 수 있었고, 타인을 존중하고 배려하는 마음을 기를 수 있게 되었다. 이제 조금이나마 인간으로서 인간을 사랑하고 이해하는 법을 알게 되었다.

인간을 이해한다는 것은 결국 나를 이해하는 것과 마찬가지였다. 비로소 내가 원하는 것이 무엇인지 알 수 있는 실마리를 얻게 되었다. 나는 어떤 사람인가? 어떤 사람이 되고 싶은가? 행복한 삶이란 무엇인가? 지난 몇 년간

지리멸렬하게 되묻고 되물었던 질문이었다. 한 가지 확실한 것은 나는 고집이 세고 내가 세운 계획을 끝까지 밀고 나가는 성격이며 이제는 나를 위해 나의 에너지를 쓰고 싶다는 것이었다. 그래서 나는 나를 믿고 나만의 사업체를 꾸려 보기로 결심했다. 이제는 누구의 오더에 따라 움직이고 칭찬받는 것으로 만족하고 싶지 않았다. 부족해도 내 자신이 의사결정권자가 되어 어떤 결과가 따르더라도 스스로 책임지는 역할을 담당하고 싶은 마음이 컸다. 그리고 주저하지 않고 즉시 실행에 옮겼다. 내가 가장 잘할 수 있고 좋아하는 독서토론 교육 사업체를 꾸렸다. 1인 사업장에서는 한 명이 열 명 몫을 해야 한다. 기획부터 실행까지 모든 일을 책임져야 하고 대신해 줄 사람은 없다. 또한 사업 운영과는 별개로 아이들의 독서토론 교육을 책임져야 하는 사람이 되어야 했다.

처음부터 지금까지 수업 중에 아이들에게 강조하는 말이 있다. 그것은 바로 '실천하는 지식인이 되자.'이다. 동서고금을 막론하고 지식을 쌓을 수 있는 최고의 매체는 책이다. 그러나 많이 아는 것과 실천하는 것은 전혀 다른 이야기다. 가족의 사랑을 다루는 책을 읽고 현대 사회 가족들의 문제점이 무엇인지 살펴보고 우리가 해야 할 노력이 무엇인지 발표까지 잘 해놨는데, 만약 집에 돌아가서 늘 하던 대로 가족에게 상처 주는 말과 행동을 한다면? 지구 온난화의 문제점을 인지하고 그것을 막기 위해 열심히 토론까지 잘 마쳤는데, 습관대로 덥다고 에어컨을 빵빵하게 트는 행동을 한다면? 말로만 "안 돼!" 라고 말할 것이 아니라 나부터 실천해야 한다. 비단 아이들뿐만 아니라 나 또한 좋은 본보기가 되어야 함은 물론이다.

초심을 잃지 않고 좋은 교육자가 되는 것이 나의 목표이다. 만약 6년 전에 '반달과 책' 10기 독서회를 만나지 않았더라면 지금의 내 모습은 어떨까? 여전히 시간이 어떻게 가는지 모르게 바쁜 나날이지만 내 삶의 주체가 되었다는 점에서 '반달과 책' 10기 독서회는 우연처럼 날아든 나비효과라고 할 수 있겠다.

‘동화드림’에서 책 놀이 강사로

안혜련

10여 년 전, 아이들과 하루 종일 씨름하다 보면 ‘내가 지금 무엇을 하고 있나?’ 막막했다. 너무 소중하고 사랑하는 아이들이지만 24시간을 오롯이 함께 지내다 보면 종종 어디론가 멀리 떠나고 싶다는 답답한 마음과 쉬고 싶다는 생각이 들었다. 나는 그대로인데 ‘나’는 없어지고 ‘엄마’라는 책임만 주어진 것 같았다. 쉬는 날에도 잠자는 시간도 부족한, 무엇을 하고 싶다는 꿈도 꿀 수 없는 상황이 힘들게만 다가왔다.

큰아이가 초등학생이 되고, 작은 아이를 어린이집에 보내고는 한결 자유로운 마음으로 내가 하고 싶었던 일을 찾기 시작했다. 우연히 반달어린이도서관에 들러 아이들 책을 고르던 중 안내문을 보게 되었다. 경력이 단절된 여성들을 대상으로 다양한 교육을 진행하고 자원봉사 활동을 함으로써 숨겨진 재능을 계발하고 사회참여의 기회를 마련한다는 것이었다. 눈이 번쩍 떠졌다.

"저 이거 신청할래요." 사서 선생님과 눈이 마주쳤다.

"모집 완료되었어요."

"저, 잘할 수 있는데... 저 이런 거 잘해요." 왜 그랬는지 모르지만 갑자기 튀어나온 말에 스스로 놀랐다.

"그래요? 혹시 취소하시는 분이 계실 수도 있으니까 연락처를 남겨주세요." 제안이 너무 반가웠다.

"네, 꼭 연락해 주세요." 그렇게 며칠이 지나고 기다리던 연락이 왔다. '동화드림' 프로그램에 합류하게 되었다.

교육은 일주일에 3시간씩 다양한 프로그램으로 진행되었다. 북아트, 풍선 아트, 책놀이, 동화구연, 패널시어터, 인형극 등 평소에 배우고 싶었던 프로그램을 접하게 되었다. 재미있었다. 하루 3시간씩 앉아서 듣는 수업이 힘들기도 했지만 배우는 기쁨은 너무 컸다. 교육을 마치고 '동화드림' 봉사 동아리가 꾸려졌다. 4명이 한 조가 되어 지역사회 어린이집을 방문해서 교육을 통해 익힌 다양한 동화책 프로그램을 진행했다. 어떤 때는 부담감 때문에 도망가고 싶기도 했다. 더군다나 마지막으로 우리 프로그램을 장식할 그림자극 무대가 남아 있었다. 교육을 받으며 모든 인형을 직접 제작하고 조작하는 것을 연습했다. 음악을 준비하고 대사에 따라 동작을 맞추고 구연했다. '동화드림' 참여자들이 직접 해야 했다. 늦은 시간까지 연습을 해야 했기에 아이들은 사서 선생님이 돌봐주기도 했다.

아이들도 힘들고, 나도 힘들어서 '이렇게까지 해야 할까?' 싶기도 했다. 그때, 친구가 한마디 말을 해주었다. "참 좋은 일 하는 것 같아. 집에 전화하니까 아들이 '엄마 도서관 가셨어요.', '봉사 가셨어요.'라고 말하는데 그 말에서 엄마에 대한 자부심이 느껴지더라." 아이들에게 미안했던 마음도 있었지만, 엄마가 보여주는 열정이 분명 아이들에게 좋은 영향을 주고 있다는 믿음이 생겼다. 그렇게 올려진 그림자극 무대는 성공적으로 끝났다.

모든 '동화드림' 활동이 마무리되니 아쉬움과 뿌듯함 외에도 알 수 없는 허전함이 밀려왔다. 봉사활동 때는 긴장되고 힘들기는 했지만, 책을 마주하던 아이들의 반짝이는 눈빛과 이야기 속에 빠져 함께 웃고 즐거워했다. 그 모습이 마음속에서 떠나지 않았다. 아이를 키우며 잊고 있던 '나'를 다시 찾은 느낌을 지울 수가 없었다. 그래서 좀 더 전문적으로 책 놀이 관련 공부를 시작했다. 처음 1~2년은 자원봉사 활동으로 실력을 다지고 본격적으로 강사 활동을 하게 되었다.

그렇게 시작된 나의 책 놀이 강사 생활이 지금은 어느덧 10년이 다 되어 간다. 10년이라는 시간 속에서 나는 대학원 공부를 했고, 다양한 책 놀이 현장에서 수많은 아이와 어머님들을 만나고 교육하는 강사가 되었다. '동화드림' 그림자극 연습 현장에서 엄마의 활동을 바라보던 아이들은 이제 어느덧 성인이 되고, 고등학생이 되었다. 나는 현재 한국책놀이지도사협회 이사이자 수원 경기 지회장으로 활동한다. 아이들과 함께 책 놀이를 진행할 선생님을 양성하고 있다. 그리고 아직도 도서관, 초등학교 현장에서 다양한 연령대의 아동들과 그림책으로 놀면서 이야기를 전달하는 역할을 하고 있다.

강사 교육 시간에 종종 나의 이야기를 하곤 한다. 내가 처음 반달어린이도서관 '동화드림' 프로그램을 통해 마음에만 담고 있던 막연한 열정의 씨앗을 싹틔웠던 것처럼 여러분도 도전해 보시라고. 어떤 길이든 직접 부딪쳐 봐야 진정 내 길임을 알 수 있다고.

'새싹회'에서
초등학교 방과 후 교사로

김현지

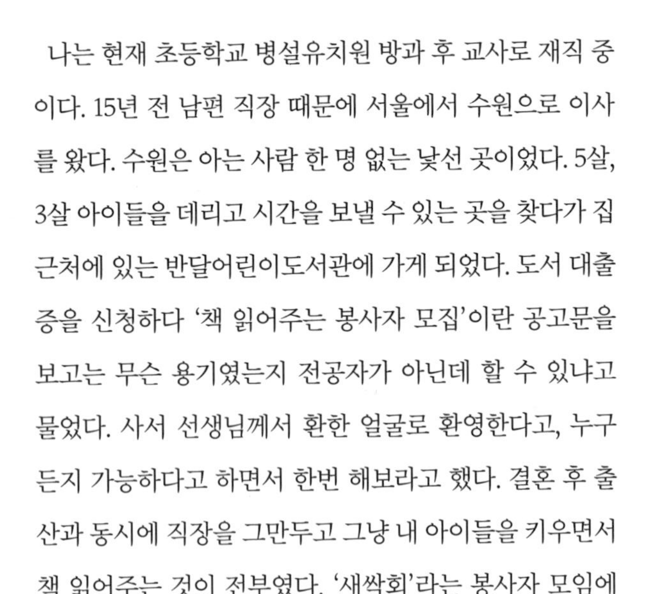

나는 현재 초등학교 병설유치원 방과 후 교사로 재직 중이다. 15년 전 남편 직장 때문에 서울에서 수원으로 이사를 왔다. 수원은 아는 사람 한 명 없는 낯선 곳이었다. 5살, 3살 아이들을 데리고 시간을 보낼 수 있는 곳을 찾다가 집 근처에 있는 반달어린이도서관에 가게 되었다. 도서 대출증을 신청하다 '책 읽어주는 봉사자 모집'이란 공고문을 보고는 무슨 용기였는지 전공자가 아닌데 할 수 있냐고 물었다. 사서 선생님께서 환한 얼굴로 환영한다고, 누구든지 가능하다고 하면서 한번 해보라고 했다. 결혼 후 출산과 동시에 직장을 그만두고 그냥 내 아이들을 키우면서 책 읽어주는 것이 전부였다. '새싹회'라는 봉사자 모임에 들어가서 지금의 내가 될 줄은 알지 못했다.

첫 시간에는 설렘과 두근거리는 긴장감을 안고 내 아이와 눈 맞춤을 하며 떨리는 목소리로 한 줄 한 줄 목소리와 표정을 바꿔가며 동화책을 읽었다. 벌겋게 상기된 볼, 바짝 마른 입술, 떨리는 손, 귀에까지 들리는 심장 소리… 정말 어떻게 시간이 지나갔는지 모를 정도였다.

처음엔 봉사자들이 한 명씩 돌아가며 동화책을 한 권씩 읽어주었다. 입소문이 났는지 시간에 맞춰 찾아오는 아이와 엄마들이 늘기 시작했다. 연령별로 시간을 나누고 독후활동까지 하는 독서 수업이 되었다. 그러면서 봉사자들도 많이 들어왔다. 방학 때는 특별 프로그램으로 동화를 읽고 체험활동까지 하는 수업을 진행했다. 정말 할 줄 아는 것 하나 없던 내가 다양한 사람들 속에서 서로 아이디어를 나누면서 내 안에 숨겨진 능력을 하나씩 발견하게 되었다.

해마다 반달어린이도서관에서 주최하는 '동화작가와의 만남'에서 초대 작가님이 강연을 시작하기 전 작가님의 동화를 읽어주는 활동을 하곤 했다. 그러면서 정말 상상도 못한 일이 벌어졌다. 인형으로도 유명한 김향이 작가님이 충무로에서 출판기념 행사를 하셨는데, 그때 우리 '새싹회'를 초대해 주셨다. 오프닝 때 작가님의 동화 『꿈꾸는 인형의 집』(푸른숲주니어, 2009)을 읽었다. 여러 재능 있는 분들과 함께 그 자리에 설 수 있었던 건 정말 뿌듯한 경험이었다.

'동화드림'이라는 공모사업 프로그램에도 참여했다. '새싹회'가 주축이 되어 동화를 들려주는 여러 가지 방법을 공부할 기회를 얻었다. 그리고 배운 것을 실천할 수 있는 봉사 기회가 주어졌다. 공부하고 준비하면서 배우는 즐거움이 있었지만, 너무 힘들고 할 수 없을 것 같이 어려웠던 적도 있었다. 봉사가 다 끝나고 나니 '역시 여러 명이 같은 목적을 갖고 함께 하면 못 이룰 것이 없구나.'라는 가능성을 알게 되었다. 늘 뒤에서 할 수 있다고, 해보자고 응원과 지지를 아끼지 않은 사서 선생님의 힘도 컸다. 큰 롤 그림책 읽어주기, 블랙라이트 공연, 빛 그림자를 이용한 공연 등을 음향부터 각색, 연출까지 역할을 맡아 공연하고 어린이집, 유치원까지 돌며 동화 읽어주기 봉사를 했다. 지금 다시 하라고 하면 못 할 것 같은데 그때는 어디서 그런 열정이 나오고 에너지가 생겼었는지 신기할

뿐이다. 그때까지는 내가 이런 것을 할 수 있는 사람이라는 걸 몰랐었다.

주변에서 '돈도 못 버는 봉사를 왜 이렇게 열심히 하냐?', '아직도 하냐?', '참 힘들겠다.'라고 했는데 나 스스로는 성취감과 즐거움이 더 컸던 것 같다. 중간중간 '새싹회' 일원으로 부족한 부분을 채우려고 '아동 독서 글쓰기 지도사 과정' 자격증도 땄다. '새싹회' 봉사를 10년 정도 꾸준히 한 어느 날, 한 통의 전화가 왔다. '동화드림' 프로그램을 진행하며 초등학교 병설 유치원에서 '큰 그림책 읽어주기' 프로그램을 한 적이 있었는데, 동화책을 읽어주는 모습을 보신 담당 선생님께서 유치원에서 일할 사람을 뽑으니 지원해 보라고 하신 것이다. 나에게 제2의 직업을 가질 기회가 찾아온 것이었다. 전혀 생각하지 못한 길이었다.

나는 사람들 앞에서 떨려서 말도 잘 못하는 사람이었다. 반달어린이도서관 동화책 읽어주기 '새싹회' 프로그램에 참여하면서 나는 나도 모르는 숨겨진 재능을 발견했다. 그것을 끄집어낼 수 있었다. 나의 아이들에게 도전하는 모습을 보여주는 엄마가 되었다. 그리고 끈기와 노력과 성실함으로 지금의 자리까지 왔다.

부록

‘어머니독서회’ 독서토론 도서 목록

'어머니독서회'
독서토론 도서 목록[22]

1~3기 어머니독서회

1. 『우리동화 바로 읽기』, 이재복, 한길사, 1995
2. 『옛이야기 들려주기』, 서정오, 보리, 2011
3. 『우리 아이, 책날개를 달아 주자』, 김은하, 살림, 2011
4. 『넘치게 사랑하고 부족하게 키워라』, 제인 넬슨/쉐릴 어윈, 프리미엄 북스, 2001
5. 『엄마가 어떻게 독서 지도를 할까』, 남미영, 대교출판, 2004
6. 『동화책을 먹는 치과의사』, 신형건, 푸른책들, 2004
7. 『그림책 읽어 주세요』, 조준영, 웅진주니어, 1996
8. 『동화 이렇게 보세요 』, 어린이도서연구회, 웅진지식하우스, 1996
9. 『부모 역할 훈련』, 토마스 고든, 양철북, 2021
10. 『쿠슐라와 그림책 이야기』, 도로시 버틀러, 보림, 2003

---

22 도서 목록에는 도서관에서 정해준 필독서와 기수별로 자유롭게 선정한 도서가 포함되어 있다. 기수별로 겹치는 도서는 한 기수에만 넣었다.

11. 『사랑의 학교』, 에드몬도 데 아미치스, 꿈소담이, 2002
12. 『마사코의 질문』, 손연자, 푸른책들, 2009
13. 『밥이 끓는 시간』, 박상률, 사계절, 2001
14. 『숲은 어떻게 만들어지는가?』, 윌리엄 재스퍼슨, 비룡소, 2000
15. 『그림책이랑 놀자』, 편집부, 문학과지성사, 2004
16. 『엄마 학교』, 서형숙, 큰솔, 2006
17. 『연금술사』, 파울로 코엘료, 문학동네, 2001
18. 『삼국유사』, 일연, 홍신문화사, 2008
19. 『지각대장 존』, 존 버닝햄, 비룡소, 1995
20. 『돼지책』, 앤서니 브라운, 웅진주니어, 2001
21. 『꿀벌과 도둑』, 에릭 칼, 더큰, 2006
22. 『몽실 언니』, 권정생, 창비, 2012
23. 『라퐁텐 우화』, 장 드 라 퐁텐, 두산동아, 2002
24. 『그림 형제 동화집』, 그림 형제, 비룡소, 2005
25. 『장화 신은 고양이와 10편의 옛이야기』, 샤를 페로, 논장, 2001

4~7기 어머니독서회

1. 『아이 읽기, 책 읽기』, 조월례, 사계절, 2005
2. 『한국사편지』, 박은봉, 책과함께어린이, 2009
3. 『내 아이가 책을 좋아하게 하려면』, 곽정란, 차림, 2004
4. 『아이의 두뇌를 깨우는 하루 15분, 책 읽어주기의 힘』, 짐 트렐리즈, 북라인, 2012

5. 『마당을 나온 암탉』, 황선미, 사계절,2000
6. 『갈매기의 꿈』, 리처드 바크, 범우사, 1998
7. 『우리들의 일그러진 영웅』, 이문열, 다림, 1998
8. 『노인과 바다』, 어니스트 헤밍웨이, 민음사, 2012
9. 『내 아이를 위한 감정코칭』, 존 가트맨, 한국경제신문, 2011
10. 『행복한 아이, 지혜로운 아이로 키우는 전래동화 속의 비밀코드』, 하지현, 살림, 2005
11. 『봄봄』, 김유정, 다림, 2002
12. 『철학정원』, 김용석, 한겨레출판, 2007
13. 『소설처럼』, 다니엘 페나크, 문학과지성사, 2018
14. 『꿈꾸는 다락방』, 이지성, 국일미디어, 2007
15. 『우리아이 공부 두뇌』, 김영훈, 베가북스, 2012
16. 『나쁜 사마리아인들』, 장하준, 부키, 2023
17. 『다산의 아버님께』, 안소영, 보림, 2018
18. 『꽃들에게 희망을』, 트리나폴러스, 시공주니어, 1999

8기 어머니독서회

1. 『대한민국 부모』, 이승욱/신희경/김은산, 문학동네, 2012
2. 『기적의 도서관 학습법』, 이현, 화니북스, 2005
3. 『빌 브라이슨 발칙한 유럽산책』, 빌 브라이슨, 21세기북스, 2008
4. 『아름답고 슬픈 야생동물 이야기』, 어니스트 톰프슨 시턴, 푸른숲주니어, 2006

5. 『차라리 아이를 굶겨라』, 다음을 지키는 엄마모임, 시공사, 2000
6. 『연을 쫓는 아이』, 할레드 호세이니, 현대문학, 2010
7. 『책은 도끼다』, 박웅현, 인티N, 2014
8. 『힐링육아』, 찰스 화이트필드, 푸른육아, 2012
9. 『아이와 함께 자라는 부모』, 서천석, 창비, 2013
10. 『한국의 미 특강』, 오주석, 푸른역사, 2003
11. 『느낌 있는 그림 이야기』, 이주헌, 보림, 2002
12. 『톡톡톡 : 초보자를 위한 미술감상 토크쇼』, 롤프 슐렝커, 예경, 2012
13. 『식탁 위의 세계사』, 이영숙, 창비, 2012
14. 『옷장 속의 세계사』, 이영숙, 창비, 2013
15. 『엄마의 역사 편지』, 박은봉/우지현, 책과함께어린이, 2010
16. 『광장』, 최인훈, 문학과지성사, 2008
17. 『새의 선물』, 은희경, 문학동네, 2014
18. 『줄무늬 파자마를 입은 소년』, 존 보인, 비룡소, 2007
19. 『생산적 책읽기』, 안상헌, 북포스, 2010
20. 『왜 그 이야기는 음악이 되었을까』, 이민희, 팜파스, 2013
21. 『금난새와 떠나는 클래식 여행』, 금난새, 생각의나무, 2005
22. 『영화와 클래식』, 진회숙, 청아출판사, 2013
23. 『어바웃 어 보이』, 닉 혼비, 문학사상사, 2002
24. 『노인을 위한 나라는 없다』, 코맥 매카시, 사피엔스21, 2008

9기 어머니독서회

1. 『일기 감추는 날』, 황선미, 웅진주니어, 2003
2. 『자기 앞의 생』, 에밀 아자르, 문학동네, 2003
3. 『자전거 도둑』, 박완서, 한빛문고, 1999
4. 『샬롯의 거미줄』, 엘윈 브룩스 화이트, 시공주니어, 2000
5. 『엄마의 마흔 번째 생일』, 최나미, 사계절, 2012
6. 『7년 후』, 기욤 뮈소, 밝은세상, 2012
7. 『허삼관매혈기』, 위화, 푸른숲, 2007
8. 『오만과 편견』, 제인 오스틴, 민음사, 2003
9. 『유진과 유진』, 이금이, 푸른책들, 2004
10. 『열일곱 살 아빠』, 마거릿 비처드, 시공사, 2008
11. 『나는 도서관에서 기적을 만났다』, 김병완, 아템포, 2013
12. 『파이 이야기』, 얀마텔, 작가정신, 2004
13. 『나미야 잡화점의 기적』, 히가시노 게이고, 현대문학, 2013
14. 『트레버』, 캐서린 라이언 하이드, 뜨인돌, 2008
15. 『채근담』, 홍자성, 현암사, 2002
16. 『철학카페에서 문학 읽기』, 김용규, 웅진지식하우스, 2006
17. 『이 시대를 사는 따뜻한 부모들의 이야기』, 이민정, 김영사, 2008

10기 어머니독서회

1. 『미움받을 용기』, 고가 후미타케, 기시미 이치로, 인플루엔셜, 2014

2. 『나는 이런 책을 읽어왔다』, 다치바나 다카시, 청어람미디어, 2001
3. 『사람풍경』, 김형경, 사람풍경, 2012
4. 『교양 있는 우리 아이를 위한 세계 역사 이야기 — 근대편 —』, 수잔 와이어 바우즈, 꼬마이실, 2004
5. 『공부의 달인 호모쿵푸스』, 고미숙, 그린비, 2009
6. 『그리스인 조르바』, 니코스 카잔차키스, 열린책들, 2009
7. 『논어』, 공자, 더클래식, 2012
8. 『참을 수 없는 존재의 가벼움』, 밀란 쿤데라, 민음사, 2009
9. 『호밀밭의 파수꾼』, J.D. 샐린저, 민음사, 2007
10. 『데미안』, 헤르만 헤세, 민음사, 2000
11. 『차라투스트라는 이렇게 말했다』, 프리드리히 니체, 민음사, 2012
12. 『도란도란 책모임』, 백화현, 학교도서관저널, 2013
13. 『거꾸로 읽는 세계사』, 유시민, 돌베개, 1988
14. 『유배지에서 보낸 편지』, 정약용, 창비, 2009
15. 『총, 균, 쇠』, 제레드 다이아몬드, 문학사상사, 2005
16. 『어둠의 왼손』, 어슐러 르귄, 시공사, 2002
17. 『모멸감』, 김찬호, 문학동네, 2014
18. 『예감은 틀리지 않는다』, 줄리언 반스, 다산책방, 2012
19. 『여덟 단어』, 박웅현, 인티N, 2013
20. 『3분 고전』, 박재희, 김영사, 2010
21. 『좋은 이별』, 김형경, 사람풍경, 2012
22. 『달과 6펜스』, 서머싯 몸, 민음사, 2000
23. 『고도를 기다리며』, 사뮈엘 베게트, 민음사, 2000
24. 『사금파리 한 조각』, 린다 수 박, 작가정신, 2003

25. 『치유하는 글쓰기』, 박미라, 문학동네, 2008

26. 『속죄』, 이언 매큐언, 문학동네, 2003

27. 『최상위권 1%의 비밀 추론력』, 김강일/김명옥, 예담Friend, 2010

28. 『멋진 신세계』, 올더스 헉슬리, ㈜태일소담, 2015

29. 『사피엔스』, 유발 하라리, 김영사, 2015

30. 『왜 세계의 절반은 굶주리는가?』, 장 지글러, 갈라파고스, 2016

31. 『백년의 고독』, 가브리엘 가르시아 마르케스, 민음사, 2000

32. 『다시, 그림이다』, 데이비드 호크니, 민음사, 2012

33. 『동화로 열어가는 상담이야기』, 박성희, 이너북스, 2007

34. 『나의 한국현대사』, 유시민, 돌베개, 2014

나가며

고군분투하는 사서들에게 보내는 모스 신호

코로나19로 불 꺼진 도서관에 오도카니 앉아 있었다. 팬데믹으로 휴관이 길어지면서 복지관 살림이 어려워졌다. 도서관 존립 자체를 언급하는 소리가 들렸다. '코로나19 끝에서 나는 어떤 모습일까?'라는 상상에서 시작된 질문은 '도서관은 나에게 무엇인가?'라는 질문으로 옮겨갔다. 여기저기 답을 찾는 과정에서 컴퓨터를 열어 보았다. 연도별로 저장된 각종 행사와 프로그램 사진이 펼쳐졌다. 개관 때부터 차곡차곡 쌓아 왔던 수많은 사진. 와, 언제 이렇게까지 했을까! 온갖 열정을 쏟아부은 현장의 모습은 그때의 기억을 새록새록 되살아나게 했다.

서너 개의 여름방학 프로그램을 운영하다가 까무러쳐 가까운 병원에서 링거를 맞았던 기억, 누가 시키지도 않은 일을 하다가 힘들어서 '무슨 영화를 누린다고 이러지? 안 한다, 안 해!'라고 중얼거리다가도 약간의 생기가 생기면 '더 나은 프로그램이 없을까?' 하고 고민하는 자신을 발견하던 일, 학창 시절 공부를 마치고 시험 날이 오기를 손꼽아 기다리듯 행사 준비를 마치고 행사 날이 오기를 기다리던 길고 긴 밤... '운명'이라는 단어를 떠올리지 않을 수 없었던 지난날이 보였다. 한편에선 꿈틀거리는 두려움을 다독이고, 다른 편에서는 가슴 벅찼던 희열의 순간을 떠올리며 적어나간 20여 년의 시간을 쉼표(,)로 갈무리하려니까 느껴지는 마음이 새롭다.

'사회복지사는 두 명만 있으면 모임을 만든다.'고 한다. 사회복지 쪽은 한국사회복지관협회 외에 경기도사회복지관협회, 경기도사회복지사협회, 수원시사회복지사협회, 각 시도별 협의회, 분과별 모임 등 헤아리기 힘들 정도로 많은 단체가 있다. 사회적 기업[23]이나 출판사[24]도 있다. 각 기관이 사회복지 발전과 사회복지사의 권익증진을 위

---

23 희망둥지협동조합(https://hopenest.kr)

24 푸른복지출판사(https://blog.naver.com/welfarebook)

해 연대하고 협력한다. 한 목소리를 내야 할 때는 많은 단체가 힘을 모은다.

도서관은 '활동 단체로 한국도서관협회가 있나?'라는 생각이 들 정도로 적은 것 같다. 사서의 성향도 책을 다루는 직업 때문인지, 그저 내 일만 열심히 하면 된다고 생각하며 안분지족하는 것 같다. 주어진 일은 열심히 하지만 그 이상은 생각하지도, 바라지도 않는 것 같다. 도서관 발전과 사서의 권익증진을 위해 모이고, 알리고, 함께 하자는 다양한 조직 구성과 사서의 권익 주장에는 소극적인 것 같다. 이제 우리 사서들도 쉽지는 않겠지만 '어렵고 힘든 일에 함께 하자.'는 생각으로 모이는 일에 조금 더 적극적이었으면 좋겠다.

많은 단체에서 사회복지사들의 업무탈진을 해소하고 직업역량을 강화하기 위해 다양한 교육을 실시한다. 현장의 사회복지사들은 의무적으로 여덟 시간의 보수교육을 축제처럼 여기며 이수한다. 복지관의 모든 직원은 연 20시간 정도의 교육을 받는다. 그 외의 교육도 장려하며, 사회복지사 역시 적극적으로 참여한다. 교육을 다녀오면 교육 받은 내용을 적고, 업무에 적용할 방법을 보고한다. 정

기회의 시간에 교육내용을 공유한다. 교육은 현재 진행하는 업무를 점검한다. 머물러 있지 않도록 독려하고, 앞으로 나아가도록 채근한다. 교육 현장에서는 네트워크가 형성되어 있어 많은 정보가 교류된다.

복지관 내 외로운 도서관 1인인 나로서는 그저 부럽고 좋아 보이는 모습이 있다. 분기별, 연도별 평가를 진행할 때, 상급 사회복지사들이 후배 직원인 사회복지사의 성장과 발전을 위해 아낌없이 질책하고 조언해 주는 광경을 볼 때다. 한 가지라도 더 알려주려고 기를 쓰는 모습이 후배 사회복지사에게는 부담이고 때론 고통일 수도 있을 것이다. 그러나 '다수 속 소수'로 느끼는 복잡 미묘한 감정은 '그들이, 한없이, 부럽다.'이다. 그렇게 고독과 질투가 밀려오면, '나는 사서다.'를 조용히 외치며, 마음을 다잡는다. 어디선가 도서관인으로 그들처럼 절절하게 사서의 발전을 위해 말을 토해내는 사람들이 있을 거라 믿으며, 나처럼 홀로 고군분투하는 동료 사서들에게 이 책을 모스 신호처럼 보내본다. "외·로·워·하·지·마·십·시·오! 내·가·여·기·에·있·듯, 당·신·이·거·기·서·최·선·을·다·하·고·있·음·을·압·니·다." 그리고 사서의 길을 향해 뚜벅뚜벅 발걸음을 옮긴다.

사회복지 이야기를 많이 한 것 같다. 업무 현장이기에 그곳의 이야기를 담을 수밖에 없었다. 개인적으로 이대로도 좋지만, 머물러 있을 수는 없다. '도서관을 돌봄 센터와 병행해야 한다.'라는 둥 안팎에서 감지되는 도전의 분위기가 거세다. 이 또한 사부작사부작 풀어 갈 것이다. 복지관 현장과 도서관 현장은 엄연히 다르지만, 어느 곳이든 교육을 이끄는 다양한 제도적 장치 수립, 현장에서의 지지와 견인, 개별 담당자의 노력이 톱니바퀴처럼 맞물린다면 발전은 계속되리라 생각한다.

세상의 어떤 곳도 도서관만큼 인류 문화의 보고가 모여 있는 곳은 없다. 이 보고를 다양한 방법으로 구현할 수 있는 것은 도서관만의 특권이지 않을까? 갖가지 상상과 놀라운 모험이 담긴 책을 활용한 도서관 프로그램은 사람이 책에 더 가까이 가도록 길을 내어준다. 사람과 사람을 만나게 해주고, 때로는 몇십 년을 살아도 몰랐던 자기 마을에 눈 뜨게 해준다. 나아가 프로그램을 기획한 사서 자신과 행사를 함께 준비한 자원 활동가, 행사에 참여한 지역 주민들의 성장을 이끈다. 그 길 끝에서는 모두가 바라 마지않는 삶의 터전과 일상의 발전을 마주하게 될 것이다. 도서관 프로그램이야말로 도서관의 역할을 가장 충실히

수행하는 귀중한 기능이다.

'1인 사서로서 일하다 보니 경험과 생각에 제한이 있었겠다.'라는 조심스러운 마음에 글을 쓰는 동안 여러 차례 갈등을 겪었다. 그러나 도서관이 더 나은 방향으로 가는 데 내 작은 행위가 한 알의 밀알이 되었으면 하는 바람으로 용기를 냈다. 이 글이 책이라는 물성을 품에 안고 프로그램이라는 외관의 완성을 통해 책과 도서관의 가치를 전하려고 묵묵히 움직이고 있는 사서와 도서관 프로그램 운영 사례가 궁금한 분들에게 한 움큼의 위로와 정보와 뜨거움을 준다면 기쁠 것이다.

참고 도서

단행본

『50부터 뻗어가는 사람 시들어가는 사람』, 마쓰요가즈야, 센시오, 2021
『공공도서관과 지역사회 협력』, 김영석 외, 경기도사이버도서관, 2013
『관장의 이메일』, 윤명희, 경기도사이버도서관, 2022
『그림책 쓰는 법』, 엘렌 E. M. 로버츠, 문학동네, 2016
『나는 도서관 사서입니다』, 홍은자, 푸른들녘, 2021
『나는 도서관 옆집에 산다』, 윤예솔, 와이 출판사, 2019
『다 함께 행복한 공공도서관』, 신남희, 한티재, 2022
『다산 정약용 유배지에서 만나다』, 박석무, 한길사, 2003
『다산정약용 평전』, 박석무, 민음사, 2014
『도서관 경영론』, 정동열, 한국도서관협회, 2021
『도서관 담론』, 김경집 외, 경기도사이버도서관, 산지니, 2017
『도서관으로 가출한 사서』, 김지우, 산지니, 2022
『도서관을 통한 지역사회 프로그램』, 카렌M. 벤추렐라, 한울, 2002
『독백 혹은 고백』, 최병윤, BOOKK, 2020
『독서동아리를 말하다』, 문화체육관광부, 책읽는사회문화재단, 2021
『문헌정보학의 이해』, 한국문헌정보학회, 한국도서관협회, 2004
『사서 어떻게 되었을까?』, 김일영 외, 캠퍼스멘토, 2023

『사서, 고생합니다』, 임수희, 수이출판, 2019
『사서가 바코디언이라뇨』, 김지우, BOOKK, 2020
『사서샘! 저는 100권이나 읽었어요』, 김규미, 푸른영토, 2024
『사서의 일』, 양지윤, 책과이음, 2021
『삶과 맞닿아 있는 도서관의 힘』, 강상도, 북랩, 2021
『새로 쓰는 조선의 차 문화』, 정민, 김영사, 2011
『새로운 인생』, 오르한 파묵, 민음사, 2021
『새로 쓰는 조선의 차 문화』, 정민, 김영사, 2011
『선생님도 선생님이에요?』, 정원진, 2022
『시끄러워도 도서관입니다』, 박지현·백미숙, 생각비행, 2023
『아무도 알려주지 않는 도서관 사서실무』, 강민선, 임시제본소, 2018
『어린이서비스론』, 김종성, 태일사, 2011
『한밤중에 잠 깨어』, 정약용, 문학동네, 2012
『한 번쯤 고민했을 당신에게』, 김은진, 구슬꿰는실, 2021

그 외

『도서관 이야기』, 국립청소년어린이도서관, 2022
『도서관 문화프로그램 지원 방안 연구』, 2008

사서 선생님, 내일은 뭐 할 거예요?

20년 경력 도서관 사서가 들려주는 '도서관 프로그램의 힘'

1판 1쇄 발행　2024년 7월 25일

지은이　이연수
펴낸이　유영택
펴낸곳　도서출판 니어북스
등　록　제2020-000152호
주　소　서울시 송파구 거마로 29
전　화　02-6415-5596
팩　스　0503-8379-2756
홈페이지 https://www.nearbooks.co.kr
블로그　blog.naver.com/nearbooks
디자인　서승연
인　쇄　상지사P&B

ISBN　979-11-977801-6-5

니어북스는 독자 여러분의 소중한 원고를 환영합니다.
언제든 이메일(nearbooks@naver.com)로 문의 주세요.